1등 수학 강사 한끗 차이다

허갑재 지음

프로방스

1등 수학
강사 한끗
차이다

허갑재 지음

P 프로방스

CONTENTS

프롤로그 – 당신은 이미 최고의 강사다 _6

1장 1등 수학 강사들은 무엇이 다른가?
　　01 1등 수학 강사들은 무엇이 다른가? _12
　　02 아직도 수학만 가르치는가 _18
　　03 수학 못하는 수학 강사는 없다 _25
　　04 주어진 강의만 하지마라 _32
　　05 실력만으로는 1등이 절대 될 수 없다 _39
　　06 이젠 행동하도록 가르쳐라 _45
　　07 1등 수학 강사의 하루는 다르다 _51

2장 1타 강사가 되기 위해 꼭 알아야 할 것들
　　01 '수포자'의 마음을 헤아려라 _60
　　02 수업 준비, 제대로 하라 _68
　　03 단순한 지식 전달자가 되지마라 _75
　　04 항상 똑같은 수업을 하지마라 _81
　　05 '밑 빠진 독'에 물을 붓는 강의를 하라 _88
　　06 학생과의 교감이 가장 중요하다 _94
　　07 강사의 긍정은 학생들에게 전염된다 _101
　　08 당신의 수업을 기록하라 _108
　　09 퇴근 이후가 강사력을 가른다 _115
　　10 벤치마킹과 이미테이션은 다르다 _123

3장 억대 수입 강사의 실전 수업 노하우

    01 아날로그 감성으로 승부하라 _ 132

    02 티칭이 아닌 코칭을 하라 _ 138

    03 학생별 분석노트를 만들어라 _ 145

    04 최대한 단순하게 전달하라 _ 151

    05 몸의 언어로 강의하라 _ 158

    06 SNS에서도 수업은 지속된다 _ 164

    07 개그맨이 아닌 레크레이션 강사가 되라 _ 170

4장 1타 강사가 가져야 할 7가지 마인드

    01 명확한 월수입 목표를 종이에 적어라 _ 178

    02 성공자의 마인드로 가르쳐라 _ 185

    03 문화생활은 선택이 아닌 필수다 _ 192

    04 만능 엔터테이너가 되라 _ 199

    05 끊임없이 나만의 무기를 만들어라 _ 207

    06 프로 강사의 카리스마를 지녀라 _ 214

    07 스스로를 학생들의 부모라고 생각하라 _ 220

5장 억대 수입의 수학 강사로 성공하라

    01 나는 대한민국 1등 강사라고 선언하라 _ 228

    02 1등 수학 강사는 '한 끗' 차이다 _ 235

    03 자신을 제대로 브랜딩하라 _ 242

    04 단순히 가르치는 것을 넘어 소통하는 강사가 되라 _ 248

    05 꿈에 대하여 동기부여하는 강사가 되라 _ 254

    06 새로운 시도를 주저하지 않는 강사가 되라 _ 260

    07 억대 수입의 수학 강사로 성공하라 _ 266

당신은 이미
최고의 강사다

지금의 대한민국 청년들은 대학 시절의 낭만조차 포기한 채 '취업'
을 위해 고군분투하고 있다. 대다수 청년은 안정적인 회사에 들어가
꼬박꼬박 월급을 받으며 살아가길 원한다. 그러기 위해 그들은 공무
원 시험이나 대기업 입사를 준비한다. 그렇게 '안정적인 직장'을 얻
기 위해 인생의 황금기를 바치는 것이다.

나 역시 대학교 졸업반이던 시절, 전력을 다하여 취업을 준비하
였다. 그리고 운이 좋게 코오롱이라는 대기업에 합격하였다. 나는
안정적이고 멋진 기업의 울타리 안에서 삼 년 반을 보내며 누구보다
기세등등했다. 하지만 부푼 꿈도 잠시, 대기업이라는 공간에서 나의
꿈이 발을 디딜 곳은 없었다. 나는 회사의 '엔진'이라기보다는 '톱니

바퀴'에 가까웠다. 언제든지 다른 누군가로 대체될 수 있는 부품 말이다. 이것은 내가 원하던 삶이 아니었다.

문득 의문이 들었다. '진정으로 내가 원하던 삶은 무엇이었을까?', '평범한 직장인으로 살아가며 나의 꿈을 이룰 수 있을까?' 생각해보니 답이 나오지 않았다. 나의 꿈은 '시간과 경제적으로 자유를 얻는 것'이었다. 자유를 얻어 진정으로 내가 주인인 삶을 살고 싶었다. '인생은 어차피 한 번뿐'이라는 누군가의 말은 나를 더욱 아프게 찔렀다.

나는 결단이 필요했다. 그리고 대기업에 당당히 사표를 내밀었다. 안정적인 회사의 울타리 밖으로 향하는 길은 매우 두려웠다. 하지만 나는 눈을 질끈 감고 '일단' 저지르기로 했다.

많은 사람이 꿈은 그저 허상으로만 남겨둔 채 생을 마감한다. 처한 상황이 안정적이라면 더더욱 도전하고 싶지 않아 한다. 현실에 안주하는 것을 그저 '안정'이라는 단어로 포장하며 오늘을 살아가는 것이다. 그리고 꿈 자체를 사치로 여기곤 한다. 나 역시 마찬가지였다. 회사의 안정적인 월급과 성과급의 달콤한 유혹을 이겨내기까지는 삼 년 반이라는 시간이 걸렸다.

나는 학창시절, 일타 강사들의 멋진 강의를 보며 감탄하곤 했다. 그리고 내가 터뜨리는 탄성이, 다시 누군가의 입을 통해서 나오길 갈망했다. 나는 그렇게 주저 없이 학원 강사의 길로 뛰어들었다.

처음부터 강사의 길이 순탄했던 것은 아니다. 맨땅에 헤딩하듯 시작한 강사의 길은 멀고도 험했다. 다시 시작한 수학 공부는 쉽지 않았고, 각기 다른 학생과 학부모들의 모습에 숱한 좌절을 겪기도 했다. 하지만 단 한번도 흔들리지 않은 생각이 있다. 그것은 내가 단 한 번도 성공에 대해 의심하지 않았다는 것이다.

나는 최고의 수학 강사가 되고 싶었다. 처음으로 강의를 하던 날, 두세 명을 앉혀놓은 강의실은 6개월 만에 수십 명이 앉을 수 있는 대형강의실로 바뀌었다. 그렇게 연봉 인상 계약서를 두 번이나 새로 쓰며, 억대 연봉의 강사가 될 수 있었다. 이렇게 되기까지는 숱한 밤을 지새우며 분석한 강의자료들과 학생별 관리시스템의 역할이 컸다. 나의 경력은 짧았지만, 최고의 경지에 오른 강사들에게 배우고, 그들의 시스템을 분석하며 어깨를 나란히 한 것이다.

학원 강사는 억대 연봉을 달성하기 위한 최고의 직업이다. 시간과 경제적인 자유를 얻어 성공의 길로 나아가기에 무엇보다 가장 빠른 길임에 분명하다. 문제 하나를 더 분석하고, 학생 한 명을 더 분석하는 것만으로도 일타 강사가 되는 출발점에 설 수 있다. 이 책에서 이야기하는 제대로 된 시스템과 함께한다면 더할 나위 없이 빠른 성공의 길로 달려갈 수 있을 것이다.

중요한 것은 당신이 자신을 믿는 것이다. 당신이 지금 처한 현실과 모습은 세상이 한계 지은 것이 아니다. 거울 속에 비친 당신의 모습이 한계에 뒤덮여있다면, 당신은 어떤 결정을 내릴 것인가? 거울을 깨부술 것인가? 그것보다 자신의 모습을 바꾸는 편이 훨씬 합리적인 선택이 아닐까? 세상을 바꾸려 하기보다 자신의 모습을 먼저 바꿔보자. 한계는 오로지 당신만이 정한 것이다.

믿기 힘들겠지만, 당신은 이미 최고의 강사이다. 당신은 이미 최고의 강사가 될 모든 조건을 내재하고 있다. 문제는 당신이 아직 이 사실을 깨닫지 못하고 있다는 것이다. 그저 지금의 현실에 둘러싸여 그저 그런 강사로 남길 원한다면 이 책을 읽지 않아도 좋다. 당신은 지금의 현실에 만족하는가? 혹은 당신의 꿈을 이루는 과정으로 나아가고 있는가? 만약 아니라면 내가 당신에게 새로운 해법을 제시하고 싶다. 지금부터 억대 연봉의 일등 강사가 되는 길을 낱낱이 보여주겠다. 가슴이 뛴다면 나와 동행해보자.

제1장

1등 수학 강사들은 무엇이 다른가?

The **Number one** math
instructor makes a sharp
difference

01 1등 수학 강사들은 무엇이 다른가?

　나는 대학생 시절, 수학 과외를 참 많이 했다. 다른 아르바이트에 비해 비교적 고수입을 올릴 수 있다는 점도 좋았지만, 누군가를 가르치는 일 자체가 참 좋았다. 학생들에게 내 나름의 비법을 담아 수학 문제를 설명하면 학생들은 '아!'하는 탄성과 함께 고개를 끄덕였다. 그럴 때마다 묘한 쾌감이 느껴졌다. 그렇게 학생들을 많이 가르치다 보니 수학을 가르치는 일을 업으로 삼아야겠다고 다짐하게 되었다. 그래서 대학교 시절에도 남들처럼 취업해야겠다는 생각은 하지 않았다.

　운이 좋게도 나는 대학교 4학년 시절, 강남에 소재한 수학학원에 합격할 수 있었다. 그 학원의 원장님께서는 대한민국 최고의 인터넷 수학 강사 출신이셨다. 그 선생님의 밑에서 성장할 수 있다는 생각에 가슴이 떨려왔다. 하지만 현실은 녹록지 않았다. 가족들은 '왜 남들처럼 공기업이나 대기업을 준비하지 않느냐'며 나의 진로를 반대했다. 결국, 나는 수학 강사의 꿈을 접고 과천에 소재한 '코오롱'이라는 회사에 입사하게 되었다. 코오롱에 합격하자 부모님께서는 내색은 하지 않으셨지만, 전화기에 불이 나도록 당신의 아들에 대해 자랑하셨다. 회사생활도 썩 나쁘지 않았다. 말끔한 양복 차림에 대기업 사원증을 걸치고 출근하는 기분은 나를 설레게 했다. 열심히 살아온 나에게 당연한 결과라고 생각했다. 매일 아침 여섯 시면 눈을 뜨고, 일곱 시면 과천행 좌석 버스를 탔다. 이렇게 착실하게만 살아가면 나는 부자가 될 것이라 믿었다. 결국, 나는 행복한 사람이 될 것으로 생각했다. 회사생활은 반복의 연속이었다. 정해진 업무를 정해진 시간까지 마무리하면 그만이었다. 초반에는 정해진 시간 내에 업무를 끝내는 것이 어려웠지만 시간이 지날수록 점점 익숙해졌다. 그러다 보니 나는 흔히 말하는 '잔꾀'를 부리기 시작했다. 빠르게 업무를 처리해두고 아직 업무가 끝나지 않은 척 '농땡이'를 피운 것이다. 그리고 퇴근 시간에 가까워서야 이미 만들어둔 자료를 힘겹게 마무리한 듯 제출하곤 했다. 문득 이렇게 생활하는 회사생활이 행복하지 않다고 느껴지기 시작했다.

나는 멋지게 살기를 갈망했다. 한 분야에서 대체 불가능한 사람이 되고 싶었다. 수학 강사의 꿈은 접었지만, 대기업에서 열심히 일하고 성공하면 '나'라는 존재를 누구나 다 알아줄 것으로 생각했다. 하지만 그 생각은 오래가지 못했다. 회사는 나를 뽑은 것이 아니라 회사에 맞는 '시스템'을 뽑은 것이었다. 내가 아니라 그 누군가로 대체되어도 전혀 지장이 없는 '시스템'을 원한 것이었다. 게다가 회사의 선배들은 회식 자리에서 하나같이 자조 섞인 이야기를 해댔다. '어차피 죽을 때까지 돈을 벌어도 서울에 집 한 채 못 사.'라며 나의 기를 꺾었다. 그들의 얘기대로 살고 싶지는 않았다. 성공의 길이라고 믿어온 대기업에서 이런 이야기를 듣다니, 속은 기분이 들었다. 나는 평범하게 살아왔지만, 역설적으로 평범하게 살고 싶지 않았다. '번트 자세로는 절대 홈런을 칠 수 없다.'라는 말처럼 나는 그렇게 대기업에 사표를 내기로 했다. 대기업은 나의 인생에 있어서 영원한 '번트 자세'였다. '가장 나답게 살 수 있는 일은 무엇일까?'라는 생각이 들었다. 아무리 생각해봐도 나는 수학을 가르칠 때 가장 행복했다. 결국, 안정적인 직장을 벗어나 원래의 꿈인 수학 강사가 되기로 했다. 하지만 바로 수학 강사의 일을 하기엔 공백이 있었다. 회사에 다니며 까먹은 개념과 공식들에 대해 복구하는 작업이 필요했다. 서른 살, 늦은 나이는 아니었지만 그렇다고 빠른 나이도 아니었다. 조바심이 난 나는 최대한 단기간에 승부를 보고 싶었다. 그러기 위해서는 최고의 경지에 오른 강사들에게 배워야 한다고 결론을 내렸다. 나는 흔히 '일타강사'라 불리는 강사들의 인터넷 강의부터 수강했다.

그들의 말투, 제스처, 판서까지 하나하나 받아 적으며 벤치마킹했다. 그렇게 약 두 달간 퇴사를 준비하며 수학을 공부했다. 그 결과, 어느 정도 자신감이 붙게 되었고, 나는 결국 회사에 사표를 던질 수 있었다.

　퇴사 이후 나는 수원의 한 수학전문학원에서 강사 일을 시작했다. 장밋빛으로 물들 줄 알았던 나의 강사 생활은 전혀 딴판으로 흘러갔다. 학생들이 척척 이해하며 성적이 쑥쑥 오를 것으로 생각했던 나의 판단은 완전히 착각이었다. 학생들은 문자 그대로 선생이 아닌 학생일 뿐이었다. 처음부터 제대로 이해하는 학생은 몇 명 없었다.

　과외 수업과 학원수업은 판이했다. 내가 해왔던 과외가 한 명 한 명에게 충분한 시간을 가진 채 설명할 수 있었다면 학원 강의는 하나의 시스템이었다. 수업준비부터 강의, 학생관리, 학부모 상담까지 모든 것이 종합적인 산물이었다. 학원에 들어가자마자 나는 중등부 반을 먼저 맡았다. 생각보다 나의 공백은 컸다. 나의 설명대로 모조리 이해할 줄 알았던 학생들은 나의 설명에 고개를 갸웃거렸다. 설상가상으로 가끔 학생들이 가져오는 문제는 중학교 문제가 맞는지 의심스러운 내용도 있었다. '왕년'에 고3 이과생까지 과외로 가르치던 나의 등에는 식은땀이 흐르기 시작했다. 갈 길이 정말 멀다고 느껴졌다.

나는 상황을 빠르게 바꾸고 싶었다. 대체 왜 누구는 일타 강사가 되고 누구는 그저 그런 강사로 남는지 알고 싶었다. 그리고 나도 일타 강사가 되고 싶었다. 원장님은 나에게 경력이 길어지면 자연스레 해결될 일이라고 했다. 하지만 나는 동의할 수 없었다. 경력만으로 일타 강사가 결정된다면 일타 강사들은 전부 다 연세가 지긋한 사람들뿐이어야 하는 것 아닌가? 대치동에서 가장 잘나가는 일타 강사들이 삼십대 초반인 것을 감안하면 납득할 수 없는 사실이었다. 분명히 최고가 되는 추월차선은 따로 있다고 믿었다.

나는 학원 강사와 관련된 정보를 백방으로 수집했다. 책, 온라인 커뮤니티 등을 통해 최고가 될 수 있는 방법을 강구했다. 나는 그렇게 얻은 내용을 토대로 변화된 수업을 준비했다. 그러자 나의 수업 분위기가 전과는 백팔십도 다른 분위기로 전환 된 것을 확인할 수 있었다. 심지어 어떤 반의 학생은 나를 마치 사이비종교의 교주처럼 모실 정도였으니 더 이상 설명은 생략해도 될 것 같다. 그중 한 학생이 나에게 했던 이야기는 아직도 잊히지 않는다. "쌤~ 저는 갑재 쌤 반에서 다른 반으로 전반되면, 학원 그만둘 거예요!" 함부로 그런 얘기를 하지 말라고 타일렀지만, 이미 최고의 찬사를 받은 느낌이 들었다. 나는 그렇게 나만의 팬층을 구축하고 일등 강사로 나아갔다.

당신은 '1등의 조건'에 대해 어떻게 생각하는가? 사람들은 어떤 일이든 경력이 쌓이고 시간이 지나면 그 분야의 최고가 될 수 있다고 말한다. 흔히 말하는 '일만 시간의 법칙'과도 일맥상통하는 것이다. 하지만 그것만이 전부는 아니다. 1등이 되기 위해서는 제대로 된 방법으로 경험을 쌓아야 한다. 올바르지 않은 방법으로 시간만 보낸다고 해서 경험이 쌓이는 것이 아니다. 오히려 당신의 인생을 허비할 가능성이 크다.

당신이 초보 강사라면 당장의 수업준비에 어려움을 느낄 수 있다. 혹은 경력이 쌓인 강사일지라도 학생들을 관리하거나 학부모와 상담하는 것이 힘들 수 있다. 하지만 괜찮다. 내가 그랬던 것처럼 당신도 최고의 강사가 될 수 있다. 그 방법을 철저히 밟아 나가면 된다. 당신도 내가 그랬던 것처럼 반드시 변화를 느끼게 될 것이다.

02 아직도 수학만 가르치는가

나는 최고의 수학 강사가 되고 싶었다. 그러기 위해서는 아주 완벽히 수학을 잘 해야 한다고 생각했다. 수학 강사가 되기 위해 회사원 시절부터 많은 준비를 했다. 나는 퇴근을 하면 항상 독서실로 향했다. 물론 회식이 있던 날엔 소주 한잔의 유혹에 넘어가기도 했다. 그렇지만 대부분은 독서실로 향했다. 스스로가 자랑스러웠다.

그렇게 고3 학생들과 함께 나란히 앉아, 수학 문제를 풀었다. 내가 공부한 수학은 주로 1등급을 위한 수학 문제들이었다. 내가 푼 문제들은 매우 어렵고 복잡했다. 어렵고 복잡한 문제들을 차근차근 준비해야 최고가 될 수 있다고 생각했기 때문이다. 어려운 내용을 하나하나 증명해가며 수학의 본질에 관해 탐구했다. 가끔은 대학 전공 서적을 뒤적여보며 더욱 깊이 탐구하기도 했다. 이렇게 공부해야 최고의 수업을 할 수 있다고 생각했다. '지구상에서 단 한 문제도 못 푸는 문제가 없게 하자'가 나의 목표였다.

나는 그렇게 '빡세게' 수학을 공부했다. 마치 '수학 고시'가 있다면 이를 준비하는 고시생의 모습이 아닐까 싶을 정도로 열심히 했다. 그렇게 수학 공부를 한 만큼 나의 자신감은 넘쳐났다. 수능에서 흔히 '킬러 문제'라 불리는 30번 문제도 완벽히 정리해냈다. 그러자 일정량이 쌓인 뒤에는 어떠한 문제라도 풀 수 있겠다는 자신감이 생겼다. 그렇게 엄청난 자신감을 가지고 학원에 입사했다. 그리고 학원의 학생들과 첫 수업을 진행했다. 나는 이미 최고의 수학 실력을 갖추었다고 생각했다. 그랬기에 최고의 수업을 할 것으로 생각했다. 착각이었다. 나는 수학을 열심히 공부했지만, 수학 수업을 잘하는 강사는 아니었다.

상황은 판이하였다. 내가 생각하는 '정석'대로 학생들을 가르치는 것은 아무 의미가 없었다. 내가 준비해온 문제들은 학생들이 이해하기에 너무나 어려웠다. 게다가 나의 정석적인 수업 방식에 학생들은 흥미를 느끼지 못했다. 내가 간과한 것이 있었다. 학원에 오는 학생들은 기본적으로 '수학을 좋아하지 않는다는 것'이었다. 내가 수학을 얼마나 '수학답게' 가르치는지는 중요치 않았다. 학생들은 수학 세미나에 참석한 학자들이 아니었다. 그들은 그저 수학을 어려워하는 학생들일 뿐이었다. 열심히 준비해 간 수업을 기계적으로 칠판에 옮겨

적고 있으면, 어느새 학생들은 하품을 하기 시작했다. 이런 식의 수학 수업은 학생들에게 아무 의미 없는 일이었다.

　나는 탈출구가 필요했다. 문득 대학 시절의 K 교수님이 떠올랐다. K 교수님은 '확률과 통계' 과목을 강의하셨다. 확률과 통계라고 하면 수학 과목이기에 지루할 것으로 생각할 수도 있다. 하지만 그 교수님의 수업은 전혀 그렇지 않았다. 교수님의 강의는 아주 인기가 많아 수강신청을 하기 매우 어려울 정도였다. K 교수님의 수업은 한 편의 토크쇼와 같았다. 교수님은 수업이 시작되면 그날의 일상과 화젯거리에 대해 늘어놓으셨다. 교수님의 일상을 들으며 우리는 딱딱한 수업의 첫 부분을 즐겁게 보낼 수 있었다. 하루는 수학능력시험이 끝난 직후의 수업시간이었다. 교수님께서는 이렇게 말씀하셨다. "이번 수능에 나온 확률통계문제가 있었는데 말이야. 너무 어려워서 나도 못 풀겠더라고. 요즘 고등학생들은 이렇게 어려운 내용도 배우나?" 수업을 듣던 학생들 모두 한바탕 웃고 말았다. 생각해보자. 확률과 통계를 강의하시는 대학교수가 수능 문제를 못 풀 리가 없지 않은가. 교수님은 그렇게 자연스럽게 유머를 구하셨다. 수업을 한 편의 연극처럼 자유자재로 조율한 것이다. 절대로 딱딱한 수학 수업만 하지 않으셨다. 해야 할 수업내용도 다 나가면서 즐겁게 수업을 진행하셨다. 덕분에 그 교수님의 과목에서는 모두 에이 플러스를 받앞던 기억이 난다. 교수님의 수업은 힘들었던 기억보다 좋은 기억이 더 많이 남아있다. 그 교수님께 배웠던 것은 그 수업만의 엄청난 '흡입력'이었다. 그것은 단순히 수학을 잘 가르치는 것과 다른 개념이었다.

흡입력 있는 멋진 강의를 한다는 것, 어찌 보면 이것은 나에게 생존의 문제였다. 수학만 잘 가르치는 것은 생존 경쟁에서 밀려날 확률이 높았다. 수학을 싫어하는 학생들에게 수학만 잘 가르쳐봐야 무슨 소용이 있단 말인가? 이것은 마치 방수코팅이 아주 잘 된 옷에 물감을 뿌리는 것과 같았다. 아무리 좋은 물감을 뿌려도 나의 색깔을 튕겨내면 아무 의미 없는 일이었다. 그것보다 먼저 해야 할 일은 바로 그들에게 나의 색을 입힐 준비를 하는 것이었다. 내가 K 교수님의 수업에 자연스럽게 빠져들었듯이, 나도 학생들을 끌어당길 무언가가 필요했다. 수학 실력만이 전부는 아니었다.

나도 학창시절을 떠올려보면 쉴 틈 없이 수업만 진행하는 선생님들이 있었다. 교과 내용의 '수업만'하는 것은 정말 힘든 일이다. 가르치는 사람도 힘들지만, 무엇보다 듣는 사람이 고역이다. 생각해보니 나도 그런 수업을 별로 좋아하지 않았다. 그 수업이 성적에 많은 도움이 되는지에 관계없이 말이다. 그런 수업을 듣고 있으면 머리가 타들어 가는 느낌이 들기도 했다.

나는 나의 수업구조를 모조리 바꾸기로 마음먹었다. 하루는 방학 특강이 진행되던 날이었다. 학생들이 아주 지친 표정이 역력한 채 앉아있었다. 이런 날은 아무리 수학 수업을 목청껏 해봐야 효과가 없다. 위에서 언급한 방수코팅이 아주 잘 된 옷에 잉크를 뿌리는 것과 같은 원리이다. 대부분 이런 경우에는 학생들뿐 아니라 강사도 지치게 마련이다. 이때 평정심을 잃게 되면 강사도 화가 날 법하다. 열심히 준비한 수업이 수포가 된다고 생각하기 때문이다. 하지만 나는 이런 상황을 하나의 '현상'으로 바라보기로 했다. 당장 진도를 나가는 것은 접어두기로 마음먹었다. 그리고는 '다른 이야기'를 하기 시작했다. 소재는 어떤 것이 되어도 좋았다.

나는 그날, 학생들을 한 명씩 지목하며 '관상'과 '사주'를 봐주겠다고 이야기했다. 지금 생각해봐도 정말 뜬금없는 일이 아닐 수 없다. 신기한 것은 그러자 눈을 반쯤 뜨고 있던 아이들이 전부 눈을 동그랗게 뜨기 시작했다는 것이다. 물론 '야매'였다. 나는 관상과 사주를 전혀 모른다. 그저 학생들의 표정을 보고 그날 학교에서 있었던 일을 어림짐작으로 맞추기 시작했다. 그리고는 학생들의 미래에 대한 몇 마디 예측을 던졌다. 당연히 아주 긍정적인 이야기만 해주었다. "와, 여기서 정남이가 제일 부자가 될 것 같은데? 정남이는 서른 살이 되기 전에 페라리를 탈 거야. 얼굴에 쓰여 있어."

이렇게 이야기하면 학생들은 그 말에 신빙성이 있는 지에는 관계없이 그저 즐거워한다. '밑져야 본전'인 이야기이기 때문이다. 그러자 다른 학생들도 하나둘씩 사주를 봐달라며 이야기를 꺼냈다. 나는 마치 '신내림을 받은 점쟁이'처럼 긍정적인 미래예측을 내놓았다. 다시 한번 이야기하지만 나는 사주에 대한 것을 전혀 모른다. 하지만 중요하지 않았다. 강사가 얼마나 자신감 있게 학생들에게 이야기하느냐에 따라 학생들은 나의 말에 귀를 기울이기 때문이다.

이러한 과정을 거치자 학생들은 자연스레 귀를 열기 시작했다. 수학 수업에 '흡입력'이 향상된 것이었다. 소통을 위해서는 다양한 장르를 섭렵하는 것이 중요하다. 다른 분야에 대해 심도 있는 공부가 필요하다는 것이 아니다. 그저 적당히 얇고 넓게 아는 것만으로도 충분하다. 우리는 학생들과의 소통을 통해서 수업의 집중도를 높이는 것에만 초점을 맞추면 된다.

이렇게 다양한 분야에 대해 소통을 하고 수업을 진행하자 수업의 분위기는 당연히 좋아졌다. 재미있었던 점은 매번 숙제를 해오지 않아서 추궁당하던 녀석도 내 수업을 즐기기 시작했다는 것이다. 이전에는 숙제를 해오지 않아 항상 긴장된 표정으로 오던 녀석이었다. 하지만 어느 순간부터, 수업시간에 깔깔대며 한바탕 웃더니 숙제도 곧잘 해오는 것이었다. 얼마나 당당하던지 '숙제를 해왔다고 유세를 떠는 느낌'이라고 생각될 정도였다. 참으로 기특했다. 이상하지 않

은가? '수학을 덜 가르쳤는데 수학을 더 열심히 하게 되는 결과'가
아닌가?

　당신이 수학을 가르치는 강사라면 당연히 수학을 잘 가르쳐야 한
다. 하지만 수학만 잘 가르치는 강사는 경쟁력이 없다. 그것은 아
주 기본일 뿐이다. 강사로서 생존하기 위한 당신만의 무기는 무엇인
가? 학생들을 끌어당길 수 있는 자신만의 무기를 개발해야 한다. 수
학 실력은 물론이고, 학생들과의 소통, 그리고 수업을 구성하는 기
획력까지. 모든 것이 당신 손에 달렸다. 당신의 가치를 증대할만한
무기들은 정말 다양하다. 지금부터라도 일등 수학 강사가 되기 위한
종합적인 구성을 해보는 것은 어떨까.

03 수학 못하는 수학 강사는 없다

　나는 지금 고등학생을 가르치는 수학 강사이다. 물론 처음부터 고등부를 맡은 것은 아니었다. 나는 처음 학원에 입사했을 때 중등부 학생들부터 담당하게 되었다. 마침 그때는 학생들의 시험대비 기간이었다. 문제는 1학기가 아닌 2학기 시험 기간이었다는 것이다.

　'1학기든, 2학기든 무슨 상관인가?'라고 반문하는 강사가 있을지 모르겠다. 그렇다. 사실 준비가 완벽한 강사라면 크게 중요한 일은 아니다. 하지만 나에게는 매우 큰 변수였다. 왜냐하면, 중학교 2학기 수학은 무시무시한 '기하' 단원을 배우기 때문이다. 우리가 흔히 '중학교 도형'이라 부르는 '기하' 파트가 바로 이것이다. 이 단원은 고등학교 3학년 학생들도 힘들어하는 단원이다. 방정식이나 함수 등의 단원은 중학생 때 배운 내용을 고등학생이 되어 심화 과정을 배운다. 주로 내용도 연결되는 편이다. 그래서 중학교 때 잠시 수학에서 손을 놓은 학생일지라도 고등학생이 되면 쉽게 복구 할 수 있다. 고등학교 과정을 충실히 공부한다는 전제하에 말이다. 그러나 기하 단원은 얘기가 다르다. 이 단원은 고등수학을 많이 안다고 잘 풀 수 있는 단원이 아니다. 말 그대로 대부분의 단원과 별개인 단원이었다.

이렇게 나는 무시무시한 도형의 공포를 안은 채 2학기 시험 기간을 맞았다. 돌아온 지 얼마 안 된 수학 강사에게 도형문제는 언제나 두려움의 대상이었다. 시험기간을 맞은 학생들은 나에게 질문 공세를 퍼부었다. 처음에 몇 번은 감이 잡히지 않아 식은땀이 났다. 일단 학생들을 대하는 것부터 익숙지 않은 데다 무서운 도형과 계속 마주했기 때문이다.

나는 최고의 수학 강사가 되기 위해 학원에 들어왔다. 역설적으로 중학생들의 질문을 받는 것은 묘한 긴장감이 넘쳤다. 최고의 수학 강사가 중학교 수학 문제를 못 푼다는 것은 내 자존심이 허락지 않았다. 하지만 상황은 내 생각대로 매끄럽게 흐르지만은 않았다.

학생들이 묻는 질문 중 바로 답이 보이지 않는 경우도 있었다. 다른 단원의 경우에는 하나 둘 씩 문제를 풀어나가다 보면 결국 답을 도출해내는 경우가 많다. 하지만 순수 기하파트는 보자마자 해결책이 보이지 않으면 상황이 아주 어려워진다. 학생들이 바로 옆에서 묻고 있는데 답이 보이지 않는 경우엔 식은땀이 나기도 했다. "잠깐 에어컨 좀 틀고 할게"라고 이야기하며 나의 열기를 식히기도 했다. 실제로 땀이 줄줄 흘렀다. 마치 '도전 골든벨'이라는 TV 프로그램의 고등학생이 된 느낌이었다. 한 문제 한 문제에 나의 생사를 걸고 서바이벌로 풀어나가는 느낌이었다. 상황이 여의치 않은 문제가 나오면 '이번 문제에서 탈락하려나?' 싶은 느낌이 들기도 했다. 오랜만에 문제를 푸는 공백이 이렇게 컸다.

발등에 불이 떨어진 느낌이었다. 중학교 수학이었지만 세 개 학년을 전부 커버해야 했기에 부담이 크게 느껴졌다. 그래도 다른 방법이 없었다. 모든 학년의 개념서를 빠르게 훑었다. 다행히도 예전에 공부했던 내용을 빠르게 복구할 수 있었다. 막상 해보니 별일은 아니었다. 괜히 지레 겁을 먹었다는 생각이 들었다. 지금 수학 강사를 시작하는 것을 고민하는 분들이라면 절대 기죽을 필요 없다. 아주 심화 된 내용까지 알아야 할 필요는 없다는 것이다. 자신이 시작하려는 학년의 기본 개념, 유형 정도만 숙지해도 지장 없다. 어차피 초보 강사에게는 높은 수준의 반을 주지 않는다. 이러한 면이 오히려 강사를 준비하기에는 더 수월하다.

우리의 실력은 무언가를 배울 때보다 가르쳐야 할 때 더 빠르게 향상된다. 아이러니하지만 사실이다. 나 역시 고등학생 때 배운 수학보다 과외로 혹은 강사 생활을 하며 배운 내용이 더 오래 남아있다. 무언가를 배우는 입장은 수동적일 수 있지만, 가르쳐야 할 때는 매우 능동적인 상태가 될 수밖에 없다. 오히려 가르칠 때의 학습효과가 더 크다. 가르칠 때는 그 내용의 종합적인 구성에 대해 파악할 수밖에 없다. 여행자의 관점에서 관광지를 방문했을 때와 가이드의 관점에서 방문했을 때는 차이가 날 수밖에 없다. 우리는 가이드의 입장이 되어야 한다. 나는 배우던 시절 두루뭉술하게 지나갔던 부분에 대해서도 수업을 준비하며 명확하게 정리된 것들이 많다. 강사 일이 바빠서 공부할 시간이 없다고 생각할지도 모르겠다. 하지만 수업준비 자체가 수학공부의 연장이라 생각하면 좋다. 공부를 할 수 있는 시간은 얼마든지 낼 수 있다. 시간이 날 때 공부를 하는 것이 아니라 시간을 내서 공부한다고 생각해야 한다.

당신이 강사 생활을 처음 시작한다면 수학 문제 하나를 푸는 것만큼 학생들과의 소통도 매우 중요하다는 것을 느끼게 될 것이다. 소통이 가장 어려운 유형 중의 하나가 바로 '중2병'으로 무장한 학생들이다. '중2병'에 사춘기가 동시에 온 여학생들이라면 난도가 더욱 올라간다. 그런 학생들은 강사들에게 차가운 '얼음공주'의 모습으로 일관하기 때문이다. 하지만 나는 자신이 있었다. 다년간의 과외 교습을 통해 비슷한 유형의 학생들을 많이 겪어보았기 때문이다.

내가 처음 맡았던 학생 중 C와 J라는 학생이 있다. 이 둘은 모두 중학교 3학년 여학생이었는데 두 학생은 둘도 없는 절친이었다. 두 학생이 친한 것은 문제가 되지 않았다. 다만 초보 강사였던 나에게는 매우 차갑게 대했다는 것이 문제라면 문제였다. 그들은 내가 문제를 설명을 할 때 조용히 고개를 끄덕이며 알아듣는 제스처를 취했다. 하지만 틈만 나면 서로 귓속말을 하며 나와 거리를 두었다. 원장 선생님은 'C와 J가 나의 간을 볼 것'이라며 귀띔해주었다. 나를 걱정해주는 말씀은 고마웠지만 나는 전혀 걱정하지 않았다. 그 학생들은 반드시 나의 팬이 될 것이 분명했기 때문이다.

이러한 학생들을 다루는 방법은 간단하다. 먼저 그들에게 강사의 진정성을 보여주는 것이다. 진정성이란 것은 별것 없다. 그저 '선생님'이라는 권위를 내려놓는 것부터 시작된다. 아주 쉽게 말해서 그냥 '친해지면' 해결될 일이라는 것이다. 차갑게 반응하는 학생들에게 다가갈 때 명심해야 할 점은 한 가지이다. '너무 급하게 다가가면 안 된다는 것'이다.

나도 C와 J 학생이 수업에 오는 날이면 긴장이 안 되었던 것은 아니다. 무슨 이야기를 해도 차갑게 반응하니 내심 마음이 상한 적도 많다. 하지만 나는 굴하지 않았다. 그들이 듣든지 말든지 학생들이 오면 나는 무조건 가벼운 일상 이야기와 농담을 던지기 시작했다.

처음부터 수업에 관련된 이야기를 하는 것은 최악의 방법이었다. 무거운 분위기를 더욱 가라앉히기 때문이다. 이를 위해서는 강사들도 강한 멘탈이 필요하다. 아주 재미있는 유머를 던졌다고 자부할지라도 학생들은 처음부터 방청객처럼 반응해주지 않기 때문이다. 하지만 그들이 웃든지 말든지 나는 그들에게 마치 '라디오 방송'을 해주듯이 나의 일상을 이야기했다. 가끔 나의 컨디션이 좋으면 나의 장기인 성대모사를 보여주기도 했다.

나는 가끔 언어 유희를 통해 분위기를 전환하기도 했다. 요즘 학생들이 쓰는 말인 '갑분싸'라는 단어를 아는가? '갑분싸'는 '갑자기 분위기가 싸해졌다'의 준말이다. 문자 그대로 갑자기 분위기가 어색해지거나 싸해질 때 학생들이 쓰는 은어이다. 수업 도중 내가 던진 농담에 반응이 없던 순간이 있었다. 나는 "앗! '갑분싸'네?"라고 이야기했다. 그러자 학생들은 자신이 아는 단어가 나왔는지 수군대기 시작했다. 학생 중 한명은, "어? 쌤도 '갑분싸'뜻이 뭔지 알아요?"라고 했다. 나는 이때다 싶어 단어의 뜻을 비틀었다. "당연히 알지! '갑재가 분위기를 싸하게 만들었다!'의 준말이잖아?" 그러자 딱딱하기만 했던 학생들의 분위기가 왁자지껄 웃음으로 달아올랐다.

'낙숫물이 댓돌을 뚫는다.'라고 했던가. C와 J를 포함한 학생들은 나의 말에 반응하기 시작했다. 내가 묻는 질문에 대답을 적극적으로 하는 것은 물론, 나에게 먼저 와서 자신들의 학교생활을 털어놓기도 했다. 가끔은 나에게 학교 선생님에 대한 흉을 보기도 했다. 학교 선생님들에게는 참 미안한 이야기이지만, 나로서는 기분이 나쁘지 않았다. 학교에서 소통이 되지 않았던 것을 학원 강사에게 해결할 수 있었다는 뜻이기 때문이다. 이후 이들은 나의 엄청난 팬이 되었다.

수학을 못 하는 수학 강사는 없다. 당신이 지금 수학을 가르치는 강사이든 수학 강사를 준비하든 당신은 이미 충분하다. 다음 날의 수업에 대해서만 준비하더라도 강사가 될 자격은 충분하다. 중요한 것은 수학 실력 자체가 아니다. 수업 외적으로 당신을 둘러싼 모든 환경을 통제할 줄 알아야 한다. 당신이 해야 할 것은 자신이 수학을 못 한다는 두려움을 내려놓는 것이다. 그것이 가장 우선이다.

04 주어진 강의만
하지마라

나는 수학 강사가 되기 전, 코오롱의 '원가영업팀'에서 근무했다. 우리 회사는 자동차 내부에 들어가는 카시트를 만들었다. 원가영업팀은 그 카시트의 원가를 산출하는 일을 담당했다. 사실 흔히 말하는 '영업팀'이라기보다는 '원가를 어떻게 책정하는가'가 더 중요했다. 원가를 정한다는 것은 수학 문제를 풀듯이 답이 정해져 있는 일이라 생각할 수 있다. 하지만 막상 일을 해보면 생각처럼 간단하지 않았다. 카시트에 들어가는 재료들만 해도 수십 가지가 넘었기 때문이다. 문제는 그 재료들의 가격이 시점에 따라 항상 달랐다는 것이다. 게다가 재료들을 조립하는 작업자의 임금, 기계의 경비는 매년 달라지곤 했다.

모든 구성이 정확한 원가를 산출하는 것은 참 어려운 일이었다.

그렇게 가격이 오르락내리락하다 보니 판매자와 구매자의 입장에 따라 가격 산출이 잘못되는 예도 빈번했다. 사람이 하는 일이다 보니 오류가 발생하기에 십상이었다. 하루는 카시트의 재료인 가죽의 가격이 변동된 날이었다. 가죽은 주로 수입을 하기에 환율의 영향을 절대적으로 받는다. 환율의 변동이 있으면 가죽의 가격이 달라지는 것이다.

하루는 고객사 직원이 이를 빠뜨리고 우리에게 카시트를 구매해 간 일이 있었다. 우리에게 더 높은 가격을 지불 한 것이다. 당연히 우리 회사로선 이득이 될 수밖에 없다. 큰일 같지만, 생각보다 비일비재하게 일어났다. 중요한 것은 상대방이 이 내용을 알게 될지 말지에 대해 우리 스스로 예측해야 했다는 것이다. 나는 마치 서로를 속고 속이는 삼국지의 등장인물이 된 듯한 기분이었다. 전략과 전술 없이는 절대 살아남을 수 없다고 느껴졌다. 나는 원가 업무를 처음 배우며 이러한 구조가 굉장히 복잡하고 어렵게 느껴졌다.

하지만 이러한 원가영업 업무를 기가 막히게 해내는 선배가 한 명 있었다. 바로 L 대리였다. 그의 업무경력은 정확히 5년 차였다. 5년 차면 원가영업팀에서 아주 긴 경력은 아니었다. 그 분야에서 십년, 이 십 년을 넘게 일해온 선배들도 많았기 때문이다. 그런데 그는 가진 경력에 비해 업무 능력이 정말 대단했다. 그는 상사에게 지시받지 않은 일에 대해서도 스스로 계획하고 전략을 짰다. 속되게 말하면 '시키지도 않은 일'을 한 것이다. 하지만 그 '시키지도 않은 일'은 항상 우리 부서에 이익을 가져다주었다. 그는 내가 어떤 질문을 하건 간에 1초 만에 즉시 답변을 내놓았다. 내가 아주 세부적인 자료를 질문하더라도 한결같았다.

하루는 새로 나온 카시트의 원가를 산출하다 도무지 이해할 수 없는 수식을 발견한 적이 있다. 혼자서 하루 종일 끙끙 앓아도 도무지 해결되지 않았다. 나는 나만의 생각을 L 대리에게 정리하여 보여주었다. 도무지 수학적으로 이해가 안 된다는 것들 그에게 토로했다. 그러자 L 대리는 잠시 웃어 보이더니 하나의 파일을 꺼내 보였다. 내가 질문할 것을 미리 알았다는 듯한 반응이었다. 문서상에서는 표현되지 않는 점을 그는 아주 종합적인 관점에서 설명해주었다. 나는 그의 설명을 들으며 크게 감탄했다. 어쩌면 이렇게 디테일하게 분석할 수 있을까에 대한 놀라움이었다. 그는 디테일이 매우 뛰어났다. 마치 삼국지의 '제갈량'을 보는 듯했다. 모든 상황을 미리 분석하고 대응했다. 무엇보다 모든 일에 대해 주어진 일만 하지 않았다. 그렇게 L 대리는 능력을 인정받고 계속해서 승진해 나갔다. 그가 해내는 일은 다른 사원들이 해내는 일에 비해 퀄리티 자체가 남달랐으므로 누구도 그의 초고속 승진을 의심하지 않았다.

코오롱을 퇴사하고 수학 강사 일을 시작하고 나서도 나는 L 대리의 엄청난 능력이 계속해서 잔상에 남아있다. 그는 '시키는 일만 하느냐' 아니면 '그 너머의 무언가를 만들어내느냐'의 차이를 보여주었다. 지금은 회사를 나왔지만 L 대리의 이러한 능력은 아직도 배워야할 점으로 여겨진다.

디테일은 결국 모든 것을 좌우한다. 시작이 창대했어도 디테일이 부족하면 결과는 무너진다. 반면, 시작이 미약했어도 디테일이 완벽하면 결과는 창대하다. 나는 수학 강사 생활을 시작하고 정말 최고가 되고 싶었다. '최고가 되기 위해 필요한 것이 무엇일까'하고 떠올리면 항상 L 대리가 떠오르곤 했다. 업은 다르지만, 강사 생활을 하면서도 그와 같이 디테일을 챙기는 무결점의 존재가 되고 싶었다. 나의 수업을 듣는, 달리 말하면 교육 서비스업을 받는 학생들에게 최고의 만족감을 주고 싶었다.

하루는 여자 친구와의 기념일에 특급호텔을 갔던 적이 있다. 이곳저곳을 힘들게 돌아다니느니 하루 푹 쉬자는 심산이었다. 특급호텔에 가면 종종 재미있는 경험을 한다. 단순한 숙박업소로의 기능만 받는 것이 아니라 모든 요소에 디테일이 녹아 있다는 점이다. 호텔의 급이 올라갈수록 많이 느낄 수 있다. 고객을 대하는 옷매무새, 동작 하나하나, 심지어는 그들의 미소에도 보통의 그것들과는 다른 느낌을 제공 받는다. 모든 것이 디테일인 것이다.

식사를 제공 받는 라운지에서도 마찬가지이다. 그들의 요리는 최고를 지향한다. 나는 호텔에 도착하면 그렇게 사진부터 찍기에 바쁘다. 그저 라운지를 돌아다니는 것만으로도 모든 순간이 힐링이었다. 사실 아주 핵심적인 기능만 따지면 그럴 필요는 없다. 우리가 사람을 대할 때 누구에게나 은은한 미소를 띨 필요도 없다. 하지만 그렇게 보이지 않는 것들에는 우리들 누구나 인정하는 가치가 녹아 있다. 하룻밤에 수십만 원씩의 돈을 지불하면서도 특급호텔에 머무는 이유가 있는 것이었다. 나는 문득 이러한 '보이지 않는 가치'에 대해 생각해보았다. 교육에서도 이러한 힐링의 공간을 만들 수 있다면 어떠한 느낌일까? 내가 가르치는 학생들도 마치 특급호텔에 온 느낌을 받게 할 수는 없을까? 나는 그러한 '특별한' 느낌을 주는 강사가 되고 싶었다.

결국, 이렇게 특별한 느낌은 강사의 노력 문제였다. 단순히 강의만 충실히 준비해도 크게 문제는 일어나지 않는다. 하지만 나는 학생들에게 강의 이상의 그 무언가를 느끼게 해주고 싶었다. 내가 L 대리에게 느꼈던 존경심, 그리고 특급호텔에서 경험한 특별한 느낌을 학생들에게 전해주고 싶었다. 나의 강의를 듣는 학생들은 모두 이러한 느낌을 받으며 특별하게 만들어주고 싶었다.

이러한 특별함을 느끼게 하기 위해서는 먼저 학생들을 집중하게 해야 한다. 학생들이 조금이라도 더 집중하게 하기 위해서는 그들과의 친밀함이 중요하다. 뜬금없는 이야기 같지만, 나는 성대모사를 매우 잘한다. 성대모사라고 하면 유명인들의 성대모사만 생각할 수 있다. 하지만 나의 특이한 점은 내가 가르치는 학생들의 성대모사를 했다는 점이다. 상상되는가? 학원의 강사가 갑자기 수강생의 목소리를 낼 수 있다면 어떠한 기분이 들겠는가. 당혹스러울 수도 있지만 결국 그것은 개개인에 대한 관심의 표현이었다. 그 '특이한 능력'은 학생들을 나에게 집중하게 만드는 힘이 있었다. 물론 딱딱하게 수학 문제만 풀어도 아무 지장은 없었을 것이다. 하지만 이왕에 공부해야 한다면 즐겁게 하도록 만들고 싶었다. 학생들 자신을 주인공으로 만들어주고 싶었던 것이다. 그렇게 그들의 집중력을 높일 수 있기 때문이다. 디테일이라 함은 별 다른 것이 아니다. 학생들에게 조그마한 관심을 하나 더 쏟아주는 것만으로도 충분하다.

나는 시험 기간에도 학생들에게 특별함을 느끼게 해주고 싶었다. 시험대비 교재를 만들때도 학생마다 다른 교재를 제작했다. 학생들의 출신 학교와 교과서, 수준이 다르다고 판단했기 때문이다. 각자의 상황이 다른 상태에서 모든 학생이 획일화된 교재로 시험대비를 하는 것은 비효율적이라 생각했다. 나는 교재에서도 디테일을 챙기고 싶었다.

개별적인 교재를 만들기 위해서는 시험대비 기간이 시작되기 전, 수준별로 필요한 문제를 적절히 선별했다. 모든 학생을 각각 고려해야 했기에 힘이 많이 든 것은 사실이다. 하지만 내가 힘든 만큼 학생들은 조금 더 편한 길을 갈 수 있을 것이라 믿었다. 표지에는 학생들의 이름을 넣어주었다. 응원의 메시지와 함께 말이다. 학원 강의를 수강하면서도 마치 과외를 받는 듯한 느낌을 주고 싶었기 때문이다. 디테일의 싸움은 이렇게 작은 차이에서 시작된다.

학원 강사는 무한 경쟁의 시장이다. 이러한 시장에서 주어진 강의만 하겠다는 것은 스스로 도태되길 선택하는 것이다. 어떻게 하면 조금 더 나은 가치를 제공할 수 있는지 스스로 자문해보자. 주어진 강의만 하는 것은 스스로의 가치를 낮추는 일이다. 결국, 디테일이 모든 것을 결정한다. 디테일을 만들어내는 것은 큰 노력이 아니다. 작은 시도와 굳은 실행력, 그 두 가지면 충분하다.

05 실력만으로는
1등이 절대 될 수 없다

　내 고등학교 동창 중에 K라는 친구가 있다. 그 친구는 정말 수학을 잘했다. 워낙에 실력이 좋았던 것은 말할 것도 없었다. 재미있는 점은 수학 공부에 투자하는 시간도 많지 않았다는 것이다. 그런데도 K는 언제나 어려운 문제들을 척척 풀어냈다. 하루는 내가 아주 어렵다고 생각되는 문제를 그 친구에게 물어본 적이 있다. 그러자 그 친구는 "이거는 그냥 답이 나오잖아."라고 나에게 귀찮은 듯이 답해줬다. 답답했다. 나는 아무리 생각해도 '당연히' 답이 나오지 않았다. 그런데 K는 그 문제의 답이 훤히 보인다는 것이었다. K는 정말 천재 같았다. 나는 그런 그를 보며 약간의 절망감에 빠졌다. 나와 그 친구의 수학적 머리는 다르다는 생각이 들 정도였다. 결국, 나는 나만의 방법을 통해 수학 과목을 극복했지만 K의 수학 실력은 지금도 따라가지 못할 것 같다는 생각에는 변함이 없다.

K는 결국 대학에 갈 적에도 수학과를 선택했다. 수학 자체를 워낙 잘했기에 수학 과외도 많이 한다고 했다. 그러던 K는 최근 나에게 고민을 토로해왔다. 수학을 공부하는 것은 재미있는데, 수학을 가르치는 것은 너무나도 짜증이 난다는 것이었다. 얘기를 들어보니 K가 가르치는 학생의 수준은 정말 상상을 초월할 정도로 낮았다. 기초가 전혀 없었던 것이다. 하긴 수학 과외를 시작하는 하위권 학생들의 대다수는 기초가 매우 부족하다. 고등학교 과정을 공부하면서도 초중등 과정의 연산이 문제가 되는 경우가 매우 많다. 중요한 것은 이를 대하는 강사의 태도이다. 학생이 수학을 어려워하는 것에 대해 한탄을 내뱉는 것은 아무 의미가 없다는 것이다.

K는 선천적으로 수학을 잘하던 모범생이었다. 이러한 부류의 학생은 K의 입장에서 도무지 이해가 안 갔을 것이다. K는 스스로 학생을 가르치는 일이 맞지 않는 것 같다고 했다. 나도 K의 말에 공감했다. K는 학생들의 응석을 받아주기엔 너무 '시크'했다.

나는 최고의 수학 강사가 되고 싶었다. 그렇게 되기 위해 가장 중요한 것은 나의 수학 실력이었다. 회사에 다니며 수학 강사를 준비할 때는 언제나 퇴근 후 독서실로 향했다. 고3 학생들과 함께 나란히 앉아, 넥타이만 풀어놓은 채 수학 문제를 풀었다. 그렇게 저녁 시간을 보냈다. 나는 주로 어려운 문제들을 공부했다. 어려운 문제들을 풀어야 실력이 향상된다고 생각했기 때문이다. 그래서 내가 공부했던 문제들은 주로 1등급을 위한 고난도 내용이 주를 이루었다. 가끔은 대학 전공 서적을 뒤적여보기도 했다. 덕분에 수학적인 갈증을 해결하는 데 큰 도움이 되었다. 나의 목표는 "지구상에 단 한 문제도 모르는 문제가 없도록 한다."였다.

나는 그렇게 '빡세게' 수학을 공부했다. 힘들게 수학 공부를 한 만큼 자신감은 넘쳐났다. 수능에서 흔히 '킬러 문제'라 불리는 30번 문제도 거뜬히 풀 수 있었다. 그렇게 엄청난 자신감을 토대로 학원에 입사했다.

내 자신감과는 다르게 상황은 반대로 흘러갔다. 내가 예상한 수학의 '정석 코스'대로 학생들을 가르치는 것은 효과를 보지 못했다. 내가 밤새워 공부했던 어려운 문제들을 이해할 성적대의 학생이 없었기 때문이다. 교과서의 기본 유형을 습득하는 것이 급한 학생들에게 고난도 문제를 멋들어지게 설명해봐야 시간 낭비에 불과했다. 내가 준비한 문제들은 전교 1등을 노리는 학생들이나 풀어볼 만한 '킬러 문제'들이었기 때문이다. 학생들이 전혀 알지 못하는 문제를 내가 단 몇 줄로 풀어봐야 '문제 풀이 쇼'에 지나지 않았던 것이다. 문제 풀이 쇼보다 중요한 것은 학생들의 성적을 올리는 것이었다. 나의 문제 풀이 쇼가 진행될수록 학생들은 어느새 하품을 하고 있었다.

나의 수업은 변화가 필요했다. 생각해보니 학생들은 수학 과목이 어려워서 학원에 온 것이었다. 그러한 학생들에게 어려운 내용을 '자세히' 가르친다고 수학을 잘할리 없었다. 그들에게 수학을 가르치는 것 이외에 변화가 필요했다.

과외 수업을 할 때부터 나는 개념 설명을 아주 장황하게 했다. 길고 자세하게 책의 모든 내용을 완벽히 설명해야 수학의 모든 것을 전달할 수 있다고 생각했기 때문이다. 완벽한 수업을 위해서 그 과정은 필수라는 판단이었다. 수학은 아주 논리적인 과목이기에 모든 단계를 밟아가는 데 있어 증명하고 분석하는 과정은 반드시 필요하다. 하지만 올바른 수학 공부가 반드시 올바른 수학 수업을 의미하진 않는다. 내가 공부를 하는 것과 수업을 하는 것에는 차이가 있었다. 그렇게 자세하게 개념을 설명하고 수업을 진행하려면 말 그대로 '한도 끝도' 없었다.

학원에 오는 학생들이 모두 수학자가 될 필요는 없었다. 수학 강사가 해야 할 역할은 그들이 가진 수학에 대한 공포를 없애주는 것이다. 생각해보자. 우리 학생들 모두가 수학에 대해 '정통'해야 할 이유가 있을까? 때에 따라서는 수학 자체가 필요 없는 학생도 있을 것이다. 결국, 본질적인 목표에 대해 생각하기로 했다. 수학 강사는 학생들의 '수학 점수'를 올려주면 되는 것이었다.

이를 위해서는, 개념 설명을 최소화하고 학생들의 문제풀이를 반복훈련시키는 것이 더 중요하다. 그렇게 문제풀이를 하고 학생들의 실질적인 실력을 향상하는 데에 집중했다. 숙제를 내주고 이들의 숙제를 관리하는 것에 더 큰 집중을 한 것이다. 길고 재미없는 강의는 불필요했다.

힘을 빼고 강의를 할수록 강의의 질은 더 올라갔다. 힘을 주고 아주 완벽한 수업을 하려고 생각할수록 강의는 재미가 없어지기 시작한다. 왜냐하면, 조금 더 필요한 증명이나 개념 설명들을 하나하나 더 넣게 되는 순간 한도 끝도 없기 때문이다. 하지만 우리는 학생들을 모두 수학자로 만들 필요가 없다. 학생들의 점수를 올려주고 그들의 대학진학을 돕는 것이 강사의 핵심역할 아닌가?

훌륭한 이론가가 훌륭한 실전을 만들어내지는 않는다. 경영학과 교수라고 해서 실제로 회사의 경영을 잘할까? 이론적인 면에는 강하지만 오히려 실전에는 그에 걸맞은 사람이 따로 있을 수 있다. 수학을 가르치는 것 역시 마찬가지였다. 나 혼자 수학을 잘하는 것과 학생들이 수학을 잘하게 하는 것은 다르다. 나의 실력이 아닌 학생들의 실력을 키우는 데에 집중해야 한다.

이 문제로 사실 원장님과 대립한 적도 있다. 원장님은 '정도'를 추구하는 강사이다. 스스로의 실력을 대학 수학을 가르칠 정도까지 키워야 한다고 주장하신다. 물론 실력이 중요하지 않다는 것은 아니다. 수학 강사도 끊임없이 배우고 익히며 자신의 실력을 계속해서 향상시켜야 한다. 하지만 중요한 점은 강의를 전달해내는 강사의 기술이 더 중요하다는 것이다. 아무리 좋은 이론을 가지고 있어도 이를 전달하지 못하면 죽은 지식에 불과하다.

당신은 아직도 수학 실력 자체에 목숨을 거는 강사인가? 당신은 학자이기 이전에 강사이다. 학자라면 그 학문의 본질에 관해 탐구하고 이를 전달하는 데 의의가 있다. 하지만 강사의 역할은 거기에서 그치지 않는다. 스스로의 실력을 키우는 것을 넘어 학생들의 실력을 키우는 데에 집중해야 한다. 결국, 시험은 강사가 아닌 학생이 보게 되기 때문이다.

06 이젠 행동하도록 가르쳐라

가수 '싸이'의 공연을 본 적이 있는가? 아마 《강남스타일》로 월드 스타가 된 싸이를 모르는 사람은 없을 것이다. 나는 군인이던 시절 운이 좋게도 싸이의 공연을 볼 수 있었다. '국군 위문 열차' 무대에 오른 싸이는 안타깝게도, 당시 병역문제가 발생하여 두 번째 군생활을 하던 중이었다. 하지만 그는 재입대의 불명예를 비웃기라도 하듯 엄청난 공연을 보여주었다.

나는 기대에 차서 그의 공연을 관람했다. 어찌나 신이 났는지, 힘든 군 생활을 잠시나마 잊을 정도였다. 그런데 한 가지 찝찝한 점이 있었다. 관람석 옆자리에는 나와 가장 서먹한 관계의 선임이 있었다는 점이다. 그 선임과는 틈만 나면 트러블이 있었다. 그런 껄끄러운 상대와 같이 공연을 보는 것이 개운치는 않았다. 하지만 싸이의 공연을 볼 수 있는 기회를 망치고 싶지는 않았다. 공연이 시작되고 관객들은 달아오르기 시작했다. 관객이라고 해봐야 군인들뿐이었지만 정말 뜨거운 무대였다. 공연이 막바지에 이르자 싸이가 갑자기 공연의 총 책임자인 사단장님께 한 가지를 제안했다.

"지금 여러분들이 미친 듯이 놀면 사단장님께서 내일 휴무를 주실 겁니다. 사단장님, 맞습니까?"

아무리 연예인이지만 '병장'계급에 불과한 싸이가 사단장에게 '쇼부'를 친 것이다. 사단장님은 어쩔 수 없이 허락할 수밖에 없었다. 아무리 사단장일지라도 그 분위기에서 거절한다는 것은 사실상 불가능했다. 싸이는 그렇게 '쇼부'에 성공했다. 그가 "다들 일어나서 미친 듯이 뛰어놉시다!"라고 외치자, 장병들은 정말 접신이라도 한 듯이 모두 뛰어놀기 시작했다. 나와 그 선임도 역시나 같이 손을 부여잡고 정말 정신없이 '방방' 뛰었다. 우리가 서로 서먹한 관계라는 것은 까맣게 잊은 채 말이다. 앞에 나왔던 다른 가수들이 호응을 유도해도 시큰둥했던 우리는 싸이의 공연 때만큼은 다른 사람이 되었다. 그렇게 나는 싸이의 공연 덕에 껄끄러운 선임과 절친이 되었다. 가수 싸이는 말 그대로 최고의 '동기부여가'였다.

싸이의 공연에는 어떠한 힘이 있었던 것일까? 그에게는 사람을 움직이는 힘이 있었다. 공연 내내 다른 가수들도 관객들에게 같이 무엇인가를 하자며 끊임없이 제안했다. 하지만 우리는 그들에게 반응하지 않았다. 마음이 동하지 않았기 때문이다. 마음이 움직이면 몸이 움직이는 것은 일도 아니다. 어찌 보면 싸이는 정말 대단한 '선동꾼'이었다. 주목할 만 점은 절대 관객들에게 강요하지 않았다는 것이다. 강요가 아닌 보여주기만으로 관객은 모두 열광했다. 누군가를 움직이는 데 필요했던 것은 바로 '제대로 보여주는 것'이었다.

학생들을 공부하게 만드는 것 역시 같은 원리였다. 학생들에게 공부하라고 지시해봐야 절대 하지 않는다. 나 역시 '공부하라'라는 잔소리를 듣고 자라지 않았다. 그런 탓에 학생들이 숙제를 해오지 않거나 제대로 집중하지 않는 것을 통제해야 할 때 당황스러운 적도 있었다. 원장 선생님은 어느 날 나에게 이렇게 말씀하셨다. "허 선생님이 너무 부드럽게 학생들을 다뤄서 학생들이 간 보는 것은 아닐까요?"

하지만 나에게는 확실한 신념이 있었다. '무엇인가를 강요해서는 절대 움직이지 않는다'는 것이었다. 나는 이렇게 답했다. "스스로 움직일 생각이 들게 하여주는 것이 중요하다고 생각합니다."

원장님 입장에서는 참으로 어처구니가 없었을 것이다. 조언이 정면으로 반박당했기 때문이다. 물론 원장님의 조언이 감사하기는 했지만, 나는 나의 방법이 옳다고 믿었다. 그리고 이것을 제대로 증명해보이고 싶었다.

　나는 우리 반 학생들과 전부 '페이스북'에 친구로 등록되어있다. 그 덕에 학생들과 강의실 밖에서도 소통하곤 한다. 나는 퇴근 후 나의 일상을 페이스북을 통해 공유한다. 카페에 가서 공부하고 있는 모습, 숙제 노트를 잔뜩 쌓아두고 검사하는 모습들을 그대로 업로드했다. 강사임에도 불구하고 어찌 보면 학생들보다 더욱 열심히 살아가는 모습을 보여준 것이다. 새벽 두세 시까지 공부했다는 것을 증명하기 위해 일부러 그 시간에 맞춰 글을 쓰기도 했다. 가끔 늦은 시간까지 공부 중인 학생들에게서는 수학 질문이 오기도 했다. 그러한 질문 역시 가능한 경우에는 실시간으로 받아주었다. 학생들이 사진으로 문제를 찍어 보내면 새벽일지라도 동영상으로 답변해준 것이다. 학생으로서는 여간 신기한 일이 아닐 수 없다. 하지만 나에게는 큰일이 아니었다. 그 시간에 나는 카페나 학원에 남아 수업을 준비하거나 독서를 하고 있었기 때문이다. 밤중이지만 환경에 제약을 받지 않은 것이다. 이렇게 나는 학생들보다 더욱 열심히 하고 있다는 모습을 그대로 보여주었다. '공부하라'라는 말보다 이렇게 보여주는 모습이 더욱 강력하다고 믿었기 때문이다. 사람을 변화시키기 위한 가장 좋은 방법은 모범을 보이는 것이다.

구체적인 계획을 짜는 것 역시 학생들의 행동을 이끌어내는 좋은 방법 중 하나이다. 나 역시 강사 생활 초반에 숙제를 해오지 않는 학생들을 보며 많이 좌절하곤 했다. 아무리 윽박지르고, 심지어는 협박을 해도 하루 이틀이었다. 절대 쉽게 변하지 않았다. '왜 그럴까'에 대한 고민 끝에 한 가지 결론을 내렸다. 학생들은 '언제 공부해야 할지'에 대한 '구체적인 계획'이 없었다는 것이었다.

나는 숙제를 반복적으로 해오지 않는 학생과 상담을 진행했다. 그리고 물었다. "이번에는 숙제해올 거니?" 그러자 학생이 대답했다. "네 아마도요." 하지만 해오지 않을 것이 뻔했다. 나는 학생에게 다시 질문했다. "그럼 수학 숙제를 무슨 요일에 몇 시에 어디에서 할 거니?" 그러자 망설이던 학생은 대답했다. "아마 학교에서 화요일 오전 자습시간에 다 할 수 있을 것 같아요." "그래 그렇게 하자."

그러자 놀라운 일이 일어났다. 전혀 숙제해올 것 같지 않았던 학생이 다음 수업시간에는 당당히 숙제를 제출하는 것이 아닌가. 나는 이때 정확하게 깨달았다. 숙제를 반복적으로 해오지 않는 학생들은 스스로 어디에서 무슨 일을 해야 하는지 모른다는 것이었다. 주의해야 할 점은 이때 너무 과도한 계획을 세워주면 안 된다는 것이다. "다음 수업시간에 백 문제 풀어와"라는 이야기는 누가 들어도 지치는 주문일 수밖에 없다. 이것보다는 "내일까지 스무 문제는 풀어올 수 있지? 그리고 모레에도 스무 문제를 풀어. 가능하겠지?"라고 이야기해보는 것이 효과적이다. 강압적인 지시보다는 상호 합의로 이루어지는 숙제를 주문하는 셈이다. '어디에서 몇 시에 풀 것인지' 구체화한 계획을 의논한다면 금상첨화이다. 이렇게 구체적이고 상세한 계획을 같이 고민해주는 것만으로도 학생의 행동력 증진에 큰 도움이 된다.

당신은 학생들에게 단순한 가르침만 주어서는 안 된다. 그들이 행동할 수 있도록 가르쳐야 한다. 공부하는 것도 행동의 한 종류이다. 절대 강요하지 말고 당신 스스로 모범을 보여주자. 그리고 학생들과 구체적이고 세부적인 실행계획을 함께 고민해보자. 이러한 과정을 거치면 학생들도 당신의 생각대로 점차 움직여줄 것이다.

07 1등 수학 강사의 하루는 다르다

오후가 되어서야 느지막이 눈을 뜬다. 일반 직장인처럼 아침에 나서지 않아도 되니 여유롭다. 냉장고를 열어 아침 겸 점심을 대충 챙겨 먹고 여유를 부린다. 전날 먹은 술이 아직 깨지 않았지만 상관없다. 몇 시간 더 자다가 대충 옷을 입고 나가면 되기 때문이다. 수업시간이 임박해서는 몇 문제 정도를 급히 풀어보다가 허겁지겁 수업을 시작한다. 한두 문제를 풀다가 막히지만, 그저 학생들에게 면박만 주고 대충 넘어간다. 수업시간을 '버티고' 나서는 동료 강사들과 술잔을 기울이러 회식 자리로 향한다. 그렇게 해가 다 뜨고 나서야 집에 들어간다. 그리고는 대충 씻고 다시 잠이 든다. 말 그대로 '대충' 인생이다.

누구의 이야기 같은가? 바로 우리 주변에서 흔히 볼 수 있는 많은 학원 강사들의 이야기이다. 강사라는 직업은 직장인보다 매우 자유로운 편이다. 학원은 일반적으로 회사보다 속박이 적다. 상사의 업무지시에 따라 움직이는 회사에 비해 강사는 본인의 수업을 스스로 책임진다. 말 그대로 '수업시간'만 완벽히 통제하면 그 외의 시간에 대해서는 자유가 보장되는 것이다. '수업 외 시간'의 자유는 완벽한 양날의 검과 다른 바 없다. 그 시간을 어떻게 활용하느냐에 따라 보통강사와 일등강사가 결정되는 것이다.

강사 생활 초기에 나는 그저 열심히 공부하는 것만이 일등강사의 전부라고 여겼다. 완벽하게 공부해서 지구상에 모르는 수학 문제가 없어야 한다고 생각했다. 그래서 '수업 외 시간'에는 유명강사의 인터넷 강의를 벤치마킹하고 수학 문제만을 풀었다. 나의 정해진 출근 시간은 오후 4시였다. 하지만 나는 항상 8시까지 출근했다. 가끔 컨디션이 좋으면 7시 이전에 학원에 도착하기도 했다. 직장인으로 살아온 덕에 아침에 일찍 출근하는 것이 더 자연스러웠다. 그렇게 가장 먼저 학원에 출근하여 출근 키패드를 입력했다. 하지만 이렇게 아침부터 출근 도장을 찍어대자 주변 강사들이 곱게 보지만은 않았다. 오후에 출근해도 되는 학원에 오전 시간을 찍어댔기 때문이다. 이후에도 오전 공부를 위해 계속 아침에 학원에 갔지만 나름의 눈치를 보느라 키패드는 오후에 찍곤 하였다.

그런데 이렇게 열심히 수학 공부를 해도 뭔가 부족한 느낌은 채워지지 않았다. 수학적인 감각은 이전에 강사 생활을 할 때만큼 충분히 복구하는데 성공했다. 그러나 수학 공부와 수학 수업준비는 또 다른 영역이었다. 학생관리, 학부모 상담 등은 내가 알지 못하던 영역이었다. 수학 실력을 키우는 것만이 전부라 여기던 나에게는 해야 할 일이 너무나도 많았다. 내가 맡은 수업시간은 단 다섯시간이었다. 하지만 준비해야 할 것들은 산더미 같았다. 그것들을 준비하기에 나의 하루는 너무나도 짧았다. 마음은 급했지만, 무엇부터 손을 대야 할지 감이 잡히지 않았다.

그러던 와중 우연히 '학원 강사 양성프로그램'이 있다는 것을 알게 되었다. 분당에서 수학 강사로 성공한 K 강사가 진행하는 프로그램이었다. 나는 그 프로그램을 듣고 매우 큰 감명을 받았다. K 강사는 강사로서 성공하려면 어떠한 마음가짐으로 살아야 하는지에 대해 가르쳐주었다. 그는 아침부터 밤늦게까지 단 일분도 허투루 쓰지 않았다고 했다. 그는 수업준비뿐만 아니라 학생관리, 학부모 상담까지 눈코 뜰 새 없는 일과를 보내고 있었다. 그리고 수업준비가 마무리되지 않으면 절대로 잠자리에 들지 않는다고 했다. K 강사는 나에게 "스스로 감동할 수 있을 만큼의 준비를 하라"라고 조언해주었다. 나는 그 말을 허투루 듣지 않기로 했다. K 강사는 그 지역에서 최고의 위치에 오른 강사였다. K 강사에게 크게 감명받았던 점은 최고의 위치에 올랐음에도 불구하고 여전히 부지런했다는 것이다. 수업준비면 수업준비부터 학생관리, 학부모 상담, 그리고 자기계발까지, 모든 면이 흠잡을 데 없었다. 나는 K 강사를 철저히 벤치마킹하기로 결심했다. 그리고 그가 조언해주는 모든 것을 하나도 놓치지 않고 적용해나갔다.

나는 보통강사로 남고 싶지 않았다. 보통강사로 산다는 것은 보통 인생으로 살아간다는 것을 의미했다. 그렇게 살 것이라면 그저 안정적인 코오롱에서 대기업 사원으로 남는 것이 더 나을 것이다. 하지만 내가 회사를 그만두고 강사 일을 시작한 것은 일등강사가 되기 위함이었다. 일등강사가 되어 누구나 나의 시스템을 배우게 만들고 싶었다. 나는 변화를 일으키고 싶었고, 하루하루 '일등강사'의 마인드로 세팅해나갔다.

나는 먼저, 수업준비를 체계적으로 하기로 마음먹었다. 아침에는 무조건 학원에 일찍 출근하거나 카페로 향했다. 그리고 유명 수학강사들의 인터넷 강의를 수강하였다. 유명강사들의 강의법은 강사마다 스타일이 독특했다. 각자 스타일이 다른 여러 명을 번갈아 들으며 각자의 장점을 흡수하도록 노력했다. 그렇게 만든 강의 노트에 나만의 색깔을 입혀나갔다. 내가 가장 강의하기 편하고 어울리는 구성으로 편집하는데 중점을 뒀다. 그렇게 정리한 노트를 클리어 파일에 정리해두자 너무나도 든든했다. 마치 전쟁터에 나갈 나만의 무기를 만든 느낌이었다.

학생관리도 빼놓을 수 없는 부분이었다. 나 혼자 수학을 잘한다고 학생들의 점수로 반영되지 않는다. 내가 수학을 잘하는 것과 학생들이 수학을 잘하는 것은 아무 관계가 없었다. 결국, 나는 내 실력이 아닌 학생들의 수학 점수를 올릴 방안을 마련해야 했다. 그렇게 시작한 것이 바로 '숙제검사'와 '일일 테스트'이다.

숙제검사가 학습을 가장 쉽게 관리할 수 있는 도구라면, 일일 테스트는 학습을 가장 쉽게 측정할 수 있는 도구였다. 둘 다 무엇 하나 빼놓을 수 없는 소중한 시스템이었다.

나는 매일매일 학생들에게 일정량의 문제를 노트에 풀어오도록 숙제를 내준다. 여기까지는 대부분의 강사가 차이점이 없을 것이다. 하지만 차이점은 숙제검사에서 벌어진다. 숙제를 내주는 것은 흔한 행위이지만 이를 철저히 검사하고 관리하는 과정이 학생들의 성적을 올리는 과정인 것이다. 나는 일등강사들이 하지 않는 이 간극을 파고들기로 했다. 강의만으로 승부하지 않고 숙제를 검사하는 과정이 학생들의 점수를 올려줄 것이라 판단한 것이다. 숙제를 하지 않은 학생에 대해서도 그대로 넘어가지 않았다. 철저히 학생들이 숙제를 마무리할 수 있도록 지도 관리했다. 학생들이 '그냥' 숙제를 안 해오는 경우도 있지만 정말 몰라서 '못'해오는 경우도 있기 때문이다. 숙제를 하지 않은 학생들은 수업이 끝난 후에도 주변 카페로 데려가서 추가 보충을 진행했다. 자연스레 뒤처지는 학생들을 끌고 갈 수 있었다.

일일테스트는 매일 수업시간이 시작됨과 동시에 진행했다. 일일 테스트는 학생들이 지난번 수업내용을 얼마나 기억하고 있는지, 숙제를 얼마나 성실히 풀어왔는지에 대한 지표로 작용했다. 이를 위해 수업 전날 혹은 시작하기 몇 시간 전에는 반드시 일일 테스트를 제작했다. 직전에 배운 내용을 담아야 했기에 미리 만들어두기보다는 전날이나 당일 만드는 편이 좋았다. 흔히 말하는 쪽지시험을 통해 학생들의 성취도를 평가한 것이다. 아주 어려운 문제들은 빼두었다. 기본적인 유형을 담아 뒤처지는 학생들이 없도록 독려한 것이다.

수업이 없는 낮 시간대나 수업이 끝난 직후에는 학부모들과 상담 전화를 실시했다. 학부모 입장에서 한 달에 한 번 정도는 학생들의 현재 상태를 알고 싶은 것이 당연하다. 그러한 학부모들의 궁금증을 해소하기 위해 하루에 네, 다섯 분 정도에게 상담전화를 실시했다. 학부모 상담전화의 내용은 이렇다. 학생의 현재 상태, 그리고 어느 수준까지 올라갈 수 있을지에 대한 현실적인 예상과 앞으로의 커리큘럼에 관한 내용을 전해줬다. 그리고 마지막으로 내가 학생을 보며 파악한 장단점에 관해 이야기해드린다. 그러면 학부모님은 강사를 전적으로 신뢰하며 잘 부탁드린다는 인사를 남기곤 하신다. 부모가 보지 못하는 학생의 학습 현황을 이야기해주니 강사를 신뢰할 수밖에 없다.

이러한 일련의 과정들을 진행하는 것은 정말 체력적으로 힘든 일이다. 수업준비부터 학생관리를 위한 여러 자료의 준비, 학부모 관리, 정규수업, 그리고 정규수업이 끝난 후 과제나 성취도가 부족한 학생들을 추가로 보충하는 것까지. 어느 하나 손이 가지 않는 일이 없다. 나는 이러한 완벽한 시스템을 갖추기 위해, 체력이 가장 중요하다고 생각했다. 강사 스스로 체력이 무너지면 아무도 챙겨주지 않기 때문이다. 나는 이러한 생각을 바탕으로 개인 트레이닝을 받는다. 가격은 비싸지만 '절대 체력이 무너지지 않는 강사'라는 자신감과 자부심이 생기곤 한다. 어쩌면 체력보다 더 중요한 자신감을 얻었는지 모른다. 무엇보다 학생들을 가르치는 데 있어서 성공한 사람의 건강한 모습은 필수였다. 그러기 위해서는 건강한 신체가 필요했다.

하지만 무엇보다 가장 중요한 것은 의식이었다. 의식이 바로 서지 않은 강사는 아무리 바삐 움직이며 열심히 노력해도 달라지지 않는다. '나는 200만 원 벌어도 감지덕지'라고 생각하는 강사가 과연 열정적으로 숙제검사를 하며 수업시간이 끝나고도 학생들에게 관심을 기울일 수 있을까? 절대 아닐 것이다. 이 의식의 크기가 강사의 크기를 바꾼다. 결국엔 성공할 것이라고 확신하는 강사가 결국 위대한 강사가 되는 것이다. 마인드가 다른 강사는 결국 학생들도 알아본다.

이러한 의식의 크기를 확장하는 가장 좋은 방법은 독서였다. 나는 이러한 의식을 키우기 위해 적어도 일주일에 한 권 정도는 독서를 한다. 독서라고 해서 장르에 상관없이 한 것은 아니다. 소설이나 시도 좋지만, 온갖 성공 법칙들이 담긴 책들을 읽으며 의식을 확장하는 데에 집중했다. 나는 이렇게 읽은 책들을 토대로, 학생들을 동기부여 하는데에 아주 큰 도움을 받았다. 그리고 이렇게 책을 쓰며 새로운 자기계발을 시작하게 되었다. 내가 깨달은 나만의 경험을 토대로, 독서를 넘어서 '책 쓰기' 자기계발을 하는 셈이다. 강사라고해서 강의 준비만 하는 시대는 지났다.

일등강사와 보통강사는 다르다. 그리고 그들의 하루도 다르다. 보통강사가 퇴근 후 한잔의 술에 목말라할 때 일등강사는 조금 더 성공한 강사가 되기 위해 목말라한다. 그리고 그 시간을 자신만의 시간으로 온전히 채운다. 처음부터 일등과 보통강사가 정해지지는 않는다. 하루가 24시간으로 공평하듯 그들의 출발점도 공평하다. 차이를 만들어내는 것은 각자 어떻게 하루를 채워가는가에 달려있다.

제2장

1타 강사가 되기 위해
꼭 알아야 할 것들

The **Number one** math
instructor makes a sharp
difference

01 '수포자'의 마음을 헤아려라

나는 정말 몸치다. 단거리 달리기는 빠른 편이지만, 그 외의 운동은 모두 젬병이다. 이런 탓에 단체로 하는 운동을 하면 항상 구멍으로 분류되곤 했다. 고등학교 때 진행한 반 대항 축구경기에서는 수비를 맡은 내가 시도 때도 없이 뚫리자 중도에 교체되는 불명예도 겪은 적이 있다. 치욕적이었다. 기본적으로 운동신경이 없다고 생각을 하니 운동 자체가 하고 싶지 않을 지경이었다. 하지만 운동을 하면 얻게 되는 긍정적인 호르몬마저 포기하고 싶지는 않았다. 그래서 생각해낸 것이 나에게 맞춰진 트레이닝을 하자는 것이었다. 운동하지 않으면 육체든 정신이든 스트레스를 풀 곳이 없다고 생각했다. 결국, 나는 최근에 개인 PT를 받고 있다.

개인 PT를 진행하며 최근에 배운 운동법이 있다. '불가리안 백 스윙'이라는 운동이다. 스윙은 말 그대로 '불가리안 백'을 시계추처럼 왕복으로 흔드는 것을 반복하는 동작이다. 내가 운동을 하기에 앞서서 코치님은 나에게 시범을 보여주셨다. 스윙 동작은 굉장히 쉬워 보였다. 그저 '불가리안 백'을 위아래로 올렸다가 내리는 동작을 반복하는 것에 불과했다. 하지만 실제로 해보니 생각과는 너무나도 달랐다. 코치님의 시범 동작은 정말 간단하고 쉬워 보였는데, 막상 내가 하면 왜 이리 어려운지 이해가 안 될 지경이었다. 분명 머리로는 이해가 되는데 정해진 동작대로 움직이는 것이 너무 버겁게 느껴졌다. 코치님도 약간 답답하셨는지 쉬는 시간을 가지자고 하셨다. 처음으로 개인 PT가 하기 싫어진 순간이었다. 코치님은 쉽다고 하는데 나는 아무리 생각해도 쉽지 않았다. 게다가 횟수가 거듭될수록 팔에 힘은 빠져나갔다. 결국, 머리와 몸이 따로 노는 지경에 이른 것이다.

코치님은 잠시 고민하시더니 "팔을 앞으로 친다고 생각해 보세요"라고 조언해주셨다. 그리고는 동작을 하나하나씩 끊어서 다시 설명해주셨다. "원래 처음부터 되는 사람은 없어요."라고 격려하며 쉬운 동작에 집중하게 해주셨다. 놀랍게도 동작을 끊어서 하나하나에 집중하자 제대로 된 자세가 나오기 시작했다. 조금 전까지만 해도 포기하고 싶던 나는, 신기하게도 다시 자신감이 생기고 말았다. 몸치에 가까운 나도 할 수 있다는 생각이 든 것이다.

내가 운동을 할 때는 몸치이지만 수학을 가르치듯이 누구에게나 잘하는 분야는 따로 있다. 대학생 시절에 나는 주로 중상위권 이상의 학생들을 위주로 과외 수업을 했다. 그런데 학원에서 수학을 가르치다 보니 정말 다양한 성적대의 학생들을 만나게 됐다. 중위권 이상의 학생들은 해당 개념을 설명하고 문제 풀이를 지시하면 적절히 따라왔다. 내가 수학을 공부하던 학생 시절과 같은 속도로 이해하고 따라오는 것이다.

수학을 아주 못하는 학생들도 분명히 발전할 수 있다. 약 20점 정도를 맡던 학생이 있었다. 이 학생은 학교 시험을 삼 주 정도 남겨둔 상태에서 시작한 탓에 시간이 촉박했다. 나는 아주 현실적인 전략을 짜기로 했다. 무조건 나올만한 문제에 대해서만 반복을 시키기로 한 것이다. 교과서와 기출문제를 추려 100문제 정도의 예상 문제집을 만들고 이 문제집을 계속해서 서너 번 이상 반복하게 했다. 같은 문제를 푼다고 해서 시간 낭비가 절대 아니다. 하위권 학생들은 같은 유형의 문제 혹은 완전히 같은 문제라고 해도 다시 푸는 데에 어려움을 느끼기 때문이다. 무조건 나올 문제만 반복하는 것이다. 그렇다면 어려운 문제에 대해서는 대비하지 않는지 궁금해할 수 있다. 결론부터 이야기하면 그렇다. 생각해 보자. 20점을 맞는 학생이 만점을 노리는 학생들이 도전하는 몹시 어려운 문제를 풀어야 할 이유가 있을까? 배점이 비슷하다면 무조건 맞혀야 할 문제를 완벽히 정리하는 것이 우선이다. 절대 무너지지 않는 '점수의 기반'을 만드는 것이다. 그렇게 삼 주간의 반복 결과, 결과는 대성공이었다. 20점을 맞던 학생은 정확히 70점 이상을 맞게 되었다. 점수가 세배 이상 오른 것이다. 이렇게 수포자에 대한 전략은 따로 있다.

그런데 정말 상상을 초월하는 하위권 학생들도 있다. 내가 예측할 수 있는 범주가 아니었다. 일단 해당 진도를 바로 이해시키는 것 자체가 불가능했다. 수학이라는 과목이 그러하다. 고1 과정을 설명하기 위해서는 기본적으로 중학교 과정이 선행되어야 한다. 하지만 하위권이 괜히 하위권이겠는가. 당연히 중학교 과정이 안 되어있으니 고등학교 과정을 그대로 이해하는 것이 불가능한 것이다.

나는 이러한 사실에 처음으로 '멘붕'이 일어나곤 했다. '당장 진도를 나가기에 급급하고 조급한 마음이 드는데 어떻게 과거 진도를 되짚어준단 말인가?' '다른 학생들의 진도를 맞추기 위해 진도를 늦출 수는 없는 것 아닌가?'라는 불안감에 휩싸이기 시작했다.

게다가 하위권 학생들은 전날 배운 내용을 다음날이면 까먹곤 했다. 거의 예외가 없을 정도였다. '개념을 설명하고 예제 문제 한두 번 풀어주면 다 이해하겠지'라고 생각했던 내가 잘못이었다. 뒤통수를 맞았다는 모종의 배신감을 느끼기도 했다.

하루는 시험 기간이 시작되며 모의 테스트를 진행한 적이 있다. 대부분 학생은 수월하게 풀었지만 유독 K라는 학생은 심상치 않아

보였다. 그 학생 역시 하위권 학생에 속했기 때문에 아주 기본적인 문제만 반복 학습을 시키고 있는 상태였다. 그래도 기본적인 문제를 '무한 반복'시키고 있는 상태였기 때문에 어느 정도의 점수는 받을 거라 예상했다. 그런데 채점을 해보니 이 학생만 유독 '빵점'에 가까운 점수를 받은 것이다. 아무리 모의 테스트였지만 너무나도 충격적이었다. 어떻게 한 문제도 못 맞힌단 말인가? 이 학생을 따로 불러 면담을 실시했다. 화를 꾹꾹 참으며 학생에게 물었다. 좋게 묻고 싶었지만 좋은 이야기가 나오진 않았다. "너 대체 무슨 생각 하면서 공부하냐?" 그러자 학생은 아무 말도 없고 한숨만 내쉬었다. 나는 순간 분을 삭이지 못하고 "이따위로 할 거면 공부하지 마!"라고 말을 뱉고 말았다. 그러자 K 학생은 나지막이 이야기했다. "다 공부한 것이라는 것도 알고, 배웠다는 것이라는 것도 아는데. 막상 시험을 보면 잘 모르겠어요. 힘드네요." 나는 이 이야기를 듣고 머리를 한 대 얻어맞은 것처럼 충격을 받았다. 그 학생이 분명히 다 배운 내용임에는 틀림이 없다. 하지만 그렇다고 그 학생이 모든 기본 문제를 다 맞혀야 한다는 보장은 없는 것이다. 설령 그 학생이 단 한 문제도 맞히지 못했을지라도 상황은 같다. 그것은 마치 내가 '불가리안 백 스윙'운동의 동작을 단 한 개도 제대로 하지 못했던 것과 같은 이치가 아닐까. 내 기준에서 모든 것을 판단하려 했던 나에게 자책을 했다. 그리고는 그 학생을 다시 불러 정식으로 사과했다. 그 학생도 분명히 잘하고 싶었을 것이다. 방법이나 절박함의 차이는 있었겠지만, 분명히 잘하고 싶었을 것이다. 학생의 어깨가 축 처져있었다. 나의 잘못이었다. 이 학생은 결국 다시 여러 번의 반복 끝에 원하는 점수를 얻을 수 있었다.

학생이 수학을 못 한다는 사실에 화를 내거나 열을 내는 것은 아주 어리석은 행동이다. 그 학생이 그러한 성적을 받는 것을 하나의 '현상'으로 바라봐야 한다. 그 '현상'에 대해 해결책을 찾아야 하는 것이 강사의 역할인 것이다. 관점의 전환이 필요했다.

중학교 시절 내내 운동을 하다가 고등학교에 입학한 H라는 학생이 있었다. 전국체전까지 나갈 정도로 운동을 열심히 했던 친구라, 아무래도 수학의 기초는 많이 부족한 상태였다. 나는 당연히 운동만 했으니 기초가 없는 것은 당연하겠거니 하고 차근차근 이 학생을 가르쳤다. 그리고는 이 학생의 어머니와 상담을 하다가 재미있는 사실을 알게 되었다. 내용인즉슨, H라는 학생은 원래 다른 수학학원의 입학 테스트를 먼저 보았다는 것이다. 그런데 여러 학원의 테스트를 보아도 실력이 너무 부족하니 과외를 하거나 다른 학원에 가보라는 이야기만 들었다고 했다. 소위 말하는 '퇴짜'를 맞은 것이다. 학원 입학 테스트에서 이렇게 여러 번 퇴짜를 맞았으니 자존감이 말도 못하게 망가졌을 것이다. 하지만 나는 그런 사실을 모른 채 그저 묵묵히 처음부터 가르쳤다. 어머님은 나에게 이런 말씀을 전하셨다. "H가 다른 학원에서는 퇴짜도 맞고 너무 힘들었어요. 그런데 지금 학원의 선생님이 좋다고하네요. 그리고 그 학원에 다니게 해줘서 저보고 고맙다고 합니다." 가슴이 먹먹했다. 그저 차근차근 친절하게 설명해주는 것이 전부였는데 그것에 대해 큰 고마움을 느꼈다고 이야기하니, 너무나도 큰 감동으로 다가왔다. 그리고 내가 하는 말이나 행동 하나하나에 진심을 담아야겠다고 다짐했다.

수학에는 아주 많은 단원이 유기적으로 연결되어있다. 그래서 앞의 단원을 모르면 뒤의 단원을 이해할 수 없다. 그런데 대부분 보통 강사는 그저 해당하는 진도에 대해서만 수업을 준비하고 가르친다. 그리고 이해하지 못하면 학생들의 탓이라고 여긴다. 반은 맞고 반은 틀린 얘기이다. 강사는 해당하는 단원만 가르쳐도 되지만, 우리의 '수포자'들은 그게 불가능한 아이들 아닌가? 틀림없이 앞 단원을 모르는 학생들이 태반이다. 그렇다면 앞부분부터 빠르게 되짚어주는 강사가 훌륭한 강사 아닐까?

J라는 유명 인터넷 강사의 강의를 들어본 적이 있다. 그 강사의 특징은 수포자도 무조건 따라올 수 있다는 것으로 유명하다. 대체 어떻기에 그럴까 하고 수강한 적이 있다. 결론부터 말하자면 신세계였다. 그 강사는 고등학교 내용을 수업하면서도 도입부에는 항상 기

초가 될만한 중학교 내용을 설명해주는 것이었다. 역설적이 되게도 수포자들은 고등학교 내용을 몰라서 고등수학을 못하는 것이 아니다. 아주 근본적인 기초체계가 무너져있기 때문에 다음 내용을 연결하지 못하는 것이다. 그리고 무엇보다 J 강사는 정말 '쉽게' 가르쳤다. 아주 어려운 용어나 개념을 설명하는 것이 아니라 그저 이해할 수 있을 정도의 용어만 사용했다. 나는 J 강사에게서 큰 감명을 받고 '수포자를 위한 수업연구'를 따로 진행하고 있다.

'수포자'들도 수학을 잘하고 싶다. 그들은 지금까지 너무 많은 질타를 받아왔다. '점수가 왜 이 모양이냐'라는 질타부터, 어려운 수학 개념과 문제 풀이를 속사포 랩을 듣듯이 들었을 것이다. 그들도 분명히 수학을 잘하고 싶었을 것이다. 하지만 포기하지 않고 자신이 다니는 학원의 강사를 믿고 온 것이다. 그들은 아직 포기하지 않았다. 강사가 학생을 포기하지 않으면 학생도 절대로 수학을 포기하지 않는다. '수포자' 학생을 탓하기 전에 학생을 포기하는 '학포자'강사가 되지 말자.

02 수업 준비, 제대로 하라

나는 대학 시절부터 수학 과외를 많이 했다. 그때부터 굳어진 내 생각은 수학이 아주 개념적인 학문이라는 것이었다. 그래서 아주 개념적으로 공부해야만 어려운 문제 속에서도 헤쳐 나갈 힘이 생길 것으로 생각했다. 이 생각은 지금도 변함이 없다.

그런 이유에서 학생들에게 과외 수업을 할 때, 나의 개념설명은 아주 자세했다. 자세한 개념설명이 어찌 보면 장황할 정도로 길어진 적도 있다. 책의 모든 내용을 완벽히 설명해야 수학의 모든 것을 전달할 수 있다고 생각했기 때문이다. 개념서에 나오는 모든 증명 하나 하나를 모두 빼먹지 않고 설명했다. 하나라도 빼먹으면 그것은 수학이 아니라고 생각했기 때문이다. 중상위권 학생들에게는 긴 개념설명으로 심화 내용을 다질 수 있었으니 장점이 많았다.

하지만 이러한 수업 방식은 중하위권 학생들을 대상으로 강의를 하며 약점을 드러냈다. 수학을 아주 학문적으로 좋아하는 학생에게는 이 방법이 통했다. 하지만 중하위권이 대다수였던 학원 강의에선 전혀 통하지 않았다. 심지어 어떤 학생은 하품을 하며 정신을 '안드로메다'에 보낸듯한 표정을 짓기도 했다. 내가 공부를 하던 방식 혹은 과외를 하던 방식과는 차이가 있었다. 아주 개념적인 수업은 한편으로 아주 재미없는 수업을 의미하기도 했다.

나는 나의 수업 방식을 바꿔야만 했다. 먼저 장황하게 길기만 했던 개념수업을 대폭 축소했다. 개념설명은 아주 실전적인 내용들만 담았다. 풀이에 바로 적용될만한 핵심만을 담은 것이다. 책에 나오는 모든 공식의 유도과정이나 증명을 수업시간에 직접 해줄 이유는 없었다. 물론 아주 자세한 유도과정을 요구하는 문제도 있었지만 대부분의 문제는 기본 개념을 적용해나가는 과정이 더 많았기 때문이다.

과거에 개념설명을 길게 할 때는 수업의 진도를 계획대로 맞추지 못하는 날이 많았다. 하지만 이렇게 개념설명을 최소화하자 장점이 많이 생겼다. 수업시간의 속도를 나의 방식대로 조절할 수 있었다는 것이다. 사실 중고등학교 수학의 개념을 컴팩트하게 설명하면 오래 걸릴 내용이 거의 없다. 문제 풀이에 필요한 도구로써만 사용하면 되기 때문이다. 오히려 장황한 개념을 설명을 시간을 아껴서,

남는 시간에 학생들의 문제 풀이 과정을 제대로 확인하는 것이 훨씬 더 효율적이었다. 이렇게 학생들이 문제를 푸는 동안 수업의 난이도 및 분위기를 가늠할 수 있었다. 예제 문제를 풀게 한 뒤 대다수의 학생들이 어려워하는 문제는 다시 설명을 하면 되었다. 그렇게 수업의 분위기를 조율해 나갈 수 있었다. 나는 유명강사의 인터넷 강의를 많이 보며 참고했다. 초반에는 이러한 강의들을 벤치마킹하는 것이 큰 도움이 된다. 일타 강사들의 강의 진행 방식에 대해 알 수 있기 때문이다. 하지만 인터넷 강의는 어디까지나 그 강사 개인의 강의 방법일 뿐이다. 모든 강의를 다 듣겠다는 욕심은 버리는 것이 좋다. 우리는 학생의 입장에서 수업을 듣는 것이 아니기 때문이다. 철저히 강사대 강사의 입장에서 장점만 취해야 한다. 수험생처럼 온전히 공부만할 수 있는 상황은 아니기 때문이다. 그렇게 스타일이 다른 두 명의 인터넷 강사를 비교 분석하며 강좌들을 수강했다. 모든 강의를 다 들을 수는 없었으니 2배속을 해둔 상태로 필요한 개념에 대해서만 빠르게 정리해나갔다. 그렇게 두 명의 강사를 분석하였고 A4용지에 나만의 개념노트를 만들었다.

수업 준비에 있어서 판서준비는 필수적이다. 물론 칠판에 직접 써보면서 준비해보면 더 좋다. 하지만 이는 매우 번거로운 과정일 수 있다. 그래서 생각해낸 것이 A4용지에 판서 연습을 하는 것이었다. 칠판은 크기에 따라 다르지만 주로 이등분 혹은 삼등분하여 사용할 수 있다. 이를 토대로 한 파트에 개념을 적당한 간격으로 적어두고, 문제를 적어 수업을 이끌어나간다. 판서 연습이 전혀 안 되어 있다면 반드시 글씨 연습을 해야 한다. 하지만 어느 정도 글씨체에 대한 연습이 된 이후에는 A4용지에 해나가는 것으로도 충분하다. 용지를 반으로 접어서 칠판에 옮기듯이 내용을 정리하는 것이다. 절대로 혼자 수학을 공부하듯이 내용을 정리해서는 안 된다. 학생들이 '보고 이해할 수 있게' 간결하게 정리하는 것이 좋다.

개념노트를 만드는 방법은 다음과 같다. 먼저 개념서나 인터넷 강의를 보고 핵심적인 개념설명을 옮겨 적는다. 중요한 것은 분필로 옮겨 적을 내용만 적는 것이다. 구구절절히 세부적인 내용을 받아 적을 이유는 없다. 아주 컴팩트하게 적어야 한다. 하지만 개념설명은 개념만 설명한다고 완성되지는 않는다. 무슨 얘기인가 하면, 학생들은 개념설명만 듣고 개념을 이해할 수 없다는 것이다.

생각해보자 처음 써보는 가전제품이 있는데, 이에 대한 설명서만 읽고 모든 내용이 이해되는가? 아마 아닐 것이다. 실제로 전원을 켜 보고 이것저것 버튼을 직접 눌러봐야 느낌이 올 것이다. 수학도 마찬가지이다. 개념에 대한 설명을 듣고 나서는 반드시 학습자가 이에 대한 실습을 스스로 진행해야 한다. 온전치 않은 '이해'를 '숙달'의 영역으로 바꾸는 것이다. 이를 위해서는 적절한 예제 문제의 준비가 필요했다. 개념서를 보다보면 개념을 적용한 아주 간단한 예제 문제도 준비되어있다. 이를 그대로 활용해도 문제는 없다. 중요한 것은 예제 문제 역시 반드시 미리 강의노트에 적어두어야 한다는 것이다. 적절한 예제가 준비되지 않고 즉흥적으로 해도 상관은 없지만, 답을 낼 때 계산이 매끄럽지 않게 답이 나오는 경우가 종종 있기 때문이다. 매끄럽지 않은 계산은 수업의 흐름을 끊을 수 있다. 이를 미리 방지하기 위해서 수업시간에 활용할 예제 문제는 녹색 펜으로 기록해두었다. 변수를 줄이기 위함이었다.

아무리 자신이 있는 단원이라도 수업 준비를 한 번으로 끝내선 안 된다. 반드시 같은 문제라도 두 번 이상 풀어보아야 한다. 아무리 수학 강사일지라도 문제를 처음 풀 때는 시행착오를 겪을 수 있다. 아주 쉬운 문제를 제외하고는 매끄럽게 풀기 어려운 것이 사실이다. 처음 보는 문제이기 때문이다. 처음 풀 때의 느낌과 두 번째 풀 때의 느낌은 확연히 다르다. 두 번째 풀 때와 세 번째 풀 때의 느낌 역시 다를 수밖에 없다. 계속해서 갈고 닦을수록 수업 준비도 매끄러워지는 것은 자연스러운 일이다. 강사가 그 문제를 어떻게 지저분한 풀이를 써서 풀줄 안다고 하여 수업준비가 끝난 것이 아니다. 문제를 보는 입장에서 가장 간결하고 핵심적으로 학생들에게 전달해야 한다. 학생들은 강사의 중언부언을 듣고 싶은 것이 아니다. 절대 학생과 같은 모습으로 문제를 풀며 이리저리 고민하는 모습을 보여서는 안 된다.

학생들에게 수업이 진행 되는 두,세 시간은 결코 짧은 시간이 아니다. 생각해보자. 세 시간 내내 수학 공부만 해야 한다면 어떻겠는가? 열 명 중 한 명 정도의 학생은 정말 좋아할지도 모르겠다. 하지만 대부분의 학생에게 그러한 일은 일어나지 않는다. 수학 공부 자체를 좋아하는 것은 비정상적인 일이다. 나 역시 수학을 직업으로 삼은 강사이지만, 수학만 가르치는 인터넷 강의는 정말 재미가 없었다. 가끔 다른 이야기를 섞어서 재미난 이야기를 해주는 강사에게 훨씬 더 호감이 갔다. 신기한 것은 강의력을 떠나서 그렇게 즐겁고 재미있는 이야기를 해주었던 강사의 강의는 계속해서 듣게 되었다는 점이다. 나 역시, 나의 대학 시절 이야기나 일상에 관한 이야기를 수업시간에 활용하곤 한다. 물론 수학의 내용과 직접 연관된 소재도 훌륭한 이야깃거리가 될 수 있다. 하루는 '명제'라는 단원의 수업을 한 적이 있다. 수업을 시작하며 학생들이 지친 표정으로 나를 쳐다보자, 나는 야심 차게 한마디의 농담을 던졌다. "자, 나는 가족 중에 형이 한 명 있거든? 이름이 뭘 것 같아? 바로 '명재'야. 자, 오늘 나갈 단원은 '명제'야. 책 보자."

이렇게 마치 랩의 '라임'을 맞춘 개그를 이야기하면 가끔은 웃음이 터지기도 하지만, 대부분 "헐 선생님 그게 뭐예요"라는 반응이 나오곤 한다. 하지만 상관없다. 그러한 분위기가 조성된 것만으로도 이미 지루한 분위기는 극복할 수 있기 때문이다. 이럴 때는 "괜찮아 너희 웃기려고 한 거 아닌데?"라고 하는 것만으로도 분위기를 타개할 수 있다. 중요한 것은 강사의 자신감 넘치는 태도를 보이는 것이다. 이렇게 활기찬 느낌을 주는 것만으로도 학생들은 힘을 얻는다. 이 역시 수업 준비 중 하나이다.

가끔 '나는 수업 준비를 하지 않는다'라고 자랑스럽게 이야기하는 강사도 더러 있다. 수업시간에 문제를 풀 수 있으니 수업 준비를 하지 않는다는 것이었다. 이게 무슨 말도 안 되는 이야기인가? 수업은 문제만 풀 수 있다고 준비가 완료 된 것이 아니다. 참으로 부끄러워해야 할 일이다.

수업 준비는 한 편의 연극을 준비하는 것과 같다. 우리가 보는 한 편의 연극에도 기승전결이 있다. 우리의 수업도 마찬가지이다. 도입부에는 어떤 내용을 담을지, 전개과정에는 어떻게 끌고 나갈지, 마무리는 어떻게 지을지 모든 것을 책임져야 한다. 강사는 그러한 연극을 책임지는 감독이자 배우이다. 오늘부터 당신만의 연극을 준비해보자. 그리고 모든 순간에 당신의 강의들을 담아내자.

03 단순한 지식 전달자가
되지 마라

"선생님, 저 자퇴하고 싶어요."

하루는 J가 그 날따라 어두운 표정으로 나에게 상담을 요청했다. 나는 J에게 무슨 일이 있는지 물었다. J는 조곤조곤 학교생활의 어려움을 나에게 토로했다. J는 춤을 아주 잘 추는 여학생이었다. J의 춤은 학교의 축제 때마다 인기몰이했다. 내가 봐도 정말 춤을 잘 췄다. J는 장래희망으로도 가수 혹은 댄서를 원할 정도였다. 그러던 J가 '빡세기로' 소문난 D 여고에 진학하자 문제가 생겼다. D 여고는 학생들의 생활을 강하게 통제하기로 유명한 학교이다. 그런 상황에서 J는 학교의 생활 패턴을 견디기 힘들었을 것이 분명했다. J는 처음으로 겪어보는 고등학교 생활에 괴리를 느낀 듯 했다. 그래서 부모님도, 학교 선생님도 아닌 학원 강사인 나에게 상담을 요청한 것이다. 나는 J와 마주 앉아 나의 이야기를 들려주었다.

　나는 학창시절 '재수'를 경험했다. 흔히 '재수'라고 하면 대학 입시 재수를 생각하겠지만 나는 상황이 다르다. 무려 고등학교를 재수한 것이다. 이렇게 이야기하면 내가 굉장히 문제를 일으킨 학생처럼 보일지 모르겠다. 하지만 나는 정말 모범생이었다. 나의 중학교 시절 성적은 굉장히 높았다. 물론 잘했다는 기준은 지금 객관적으로 생각해보면 '우물 안 개구리'와 다른 바 없다. 내가 다니는 중학교는 정말 못하는 학생들 위주로 구성된 학교였기 때문이다. 덕분에 성적을 잘 받기에 쉬운 구조였다. 심지어 중학교 2학년 때는 전교 일등을 경험해보기도 했다. 나는 '세상에 나보다 공부를 잘하는 사람은 없다.'라는 말도 안 되는 자만심마저 들기도 했다. 나는 자신감에 부풀어 '과천외국어고등학교'에 지원했다. 무조건 붙고 싶은 마음에 경쟁률이 가장 낮은 독일어과에 원서를 넣었다. 당연히 결과는 합격이었다. 그 당시의 나는 성적에 대한 자신감이 하늘을 찔렀다.

　하지만 첫 모의고사에서 나의 결과는 참혹했다. 오백 점 만점의 시험지에서 나는 사백 점을 갓 넘은 점수를 받았다. 그래도 중간 정도는 할 줄 알았던 나의 등수는 뒤에서 세는 것이 더 빠를 정도로 곤두박질쳐 있었다. 상상치도 못한 등수였다. 충격이 너무 심했다. 아니 충격보다는 공포로 다가왔는지 모르겠다. 학교가 대부분을 차지

하던 나의 세상은 따뜻함에서 두려움으로 바뀌어있었다. 항상 상위권이자 모범생이라는 칭호가 따라붙던 나에게 환경은 백팔십도 달라져 있었다.

학교생활은 전반적으로 너무나 힘들었다. 지금과 다르게 학창시절에는 워낙 내성적이었던 탓에 새롭게 친구를 사귀는 것조차 어려웠다. 당연히 친구 관계에도 큰 문제가 있었다. 성적과 친구 관계, 두 군데에 문제가 생기자 학교에 가는 것이 너무나 괴로웠다. 죽어라 공부해보아도 성적이 오를 것이란 보장도 없었다. 나는 결국 '자퇴'를 선택했다.

나는 특별한 삶을 살길 원했다. 누구에게도 속박받지 않는 삶이길 원했다. 자퇴라는 선택지가 나에게 그러한 삶을 가져다주리라 생각했다. 물론 '자퇴'를 한다는 것은 부모님의 가슴에 대못을 박는 과정이었다. 하지만 자퇴에 대한 나의 뜻은 확고 했다. 그렇게 자퇴 원서에 도장을 찍고 나오자, 부모님은 당신의 자식 앞에서 펑펑 우셨다. 하지만 나는 나의 삶이 조금더 나아지는 과정이라 생각했다. 뚜렷한 목적지는 없었지만, 반드시 보상 받을 것이라 착각한 채 말이다.

나는 자퇴 이후 검정고시를 보기로 결심했다. 빠르게 고등학교 졸업장을 따고 대학에 가겠다는 심산이었다. 하지만 결국 생활 패턴에서 무너졌다. 매일 아침 가족들이 집을 비우면, 혼자 끼니를 대충

때우고 독서실로 향했다. 독서실에 도착하면 어두컴컴한 독방 속에 스스로 갇혀, 자신과 사투를 해야만 했다. 아침의 독서실에는 아무도 없었다. 고작 열일곱 살의 내가 아침부터 세상과 단절되어 공부를 한다는 것은 참으로 외롭고 힘든 일이었다. 공부가 힘들다기보다는 외로움이 너무나 힘들게 느껴졌다. 그렇게 자신과의 싸움에서 여러 번 패배하고 집에 돌아오기를 반복하곤 했다.

지금 생각해보면 무리를 해서라도 재수학원에 가야만 했다. 생활 패턴이 보장되기 때문이다. 하지만 나는 우리 집안의 사정을 뻔히 알고 있었다. 한 달에 수십만 원이나 하는 학비를 감당할 수 없을 것으로 생각했다. 어린 내가 보아도 우리 집안의 사정은 그 정도로 사정은 좋지 못했기 때문이다. 스스로를 관리한다는 것은 그렇게 힘이 들었다. 설상가상으로 가정환경도 점점 어두워져 갔다. 부모님은 걸핏하면 부부싸움을 하셨고 결국 두 분은 갈라서셨다.

나는 변화가 필요했다. 일반적인 노선에서 완벽히 벗어나고 싶었던 나였다. 하지만 다시 일반적인 노선으로 돌아오지 않을 수 없었다. 고등학교 재입학을 결심한 것이다. 남들이 고등학교 일학년을 다니던 일 년을 무의미하게 보냈지만, 재입학 이외에는 답이 없다고 판단했다. 분명히 고등학생 신분으로서 얻을 수 있는 것이 많다고 판단했다. 그렇게 나는 나보다 한 살이 더 어린 친구들과 같은 반이 되었다. 속되게 말하면 '일 년 꿇은 상태'로 학교에 다닌 것이다. 한 살이 어린 친구들은 처음에 나를 굉장히 어색해했다. 그러나 며칠이 지나자 반말과 존대를 섞어가며 친근하게 대해주었다. 당시 개그맨 유세윤씨가 복학생 컨셉으로 친근한 개그를 펼친 덕에 나 역시 그의 이미지에 편승해갈 수 있었던 것 같다. 나는 그렇게 일 년이 늦은 출발선에서 고등학교 생활을 시작했다. 그리고 무사히 대학에 진학할 수 있었다. 그래서 지금의 고등학교 친구들은 모두 나보다 한 살이 어린 친구들이다.

누군가는 나에게 일 년을 허송세월로 보냈다고 생각할지 모른다. 하지만 나는 그 시간 동안 사춘기에 겪을 수 있는 온갖 풍파는 다 겪었다. 그만큼 나는 단단해졌고, 강해졌다고 믿는다. 사춘기 시절이 너무나 어둡고 잿빛이었기에, 대학생이 되어서는 더욱 밝은 사람이 되고자 노력했다. 내가 밝은 사람이 되지 않으면 그 누구와 마주쳐도 밝게 맞이할 수 없을 것이라 믿었기 때문이다. 내 생각은 맞았다. 나는 그렇게 누군가에게 선한 영향력을 미치고 싶었다. 그렇게 수학을 가르치기 시작했고 지금은 수학 강사가 되었다.

학생들은 가끔 나에게 '꿈이 뭔지 모르겠다'라고 고민을 토로한다. 사실 생각해보면 당연한 이야기이다. 기껏해야 고등학생인 학생들이 무슨 다양한 경험이 있어서 꿈을 정할 수 있단 말인가? 모르는 것이 당연하다. 명확할 수가 없다. 만약 의사나 변호사가 꿈인 친구들이라면 스스로의 꿈이라기보다는 부모님들의 희망사항일 확률이 높다.

나 역시 중학생 시절에는 동시통역사가 되고 싶었다. 고등학교 시절에는 의사가 되고 싶기도 했다. 고등학교를 자퇴하고 나서는 인생이 무너졌다고 단정 짓기도 했다. 그 당시 나의 시선으로 본 세계는 너무나 좁았다. 학교만이 세상의 전부였고 성적으로 인생의 모든 것이 결정된다고 생각했다. 하지만 절대 그렇지 않다. 아쉬웠던 점은 당시 나에게 제대로 조언해줄 사람이 없었다는 것이다. 나와 비슷한 인생을 살며 코칭해 줄 선배는 당시에 없었다. 나는 이 점이 매우 아쉽다. 나는 나의 수업을 듣는 학생들이 나와 같은 전철을 밟게 하고 싶지 않다. 그래서 나는 수업시간에 수학지식뿐 아니라 나의 경험까지 전달하고자 노력한다.

당신이 일등 강사가 되길 원한다면, 단순히 지식만 전달해서는 안 된다. 당신은 강사이기 이전에 학생들의 인생 선배이다. 당신이 지금까지 얻어온 경험들, 성공한 방법들을 보여줘야 한다. 학생들이 당신을 따르고 싶어할수록 효과는 커질 것이다. 자신의 처지가 힘들고 고달픈 학생일수록 누군가의 발자취를 보며 용기를 얻는다. 당신의 한 마디에 진로를 결정하기도 하는 것이다. 그만큼 강사의 역할은 중요하다. 학생들에게 지식을 전달하는 것, 그 이상의 가치를 전달해보는 것은 어떨까? 그만큼 강사의 어깨는 무겁다.

04 항상 똑같은 수업을 하지마라

'간미연'이라는 가수를 아는가? 그녀는 1세대 아이돌 '베이비복스' 의 멤버로, 당신이 90년대 이전에 태어났다면 누구나 다 알만한 가수이다. 나는 '미적분'의 내용을 가르칠 때, 이 가수의 이름을 많이 써먹었다. '미적분'의 내용 중, '미분 가능이면 반드시 연속이다.'라는 개념이 있는데, 이것은 학생들이 많이 어려워하는 내용 중 하나다. 무엇이 원인이고 결과인지 앞뒤를 혼동하기 때문이다. 쉽게 '기억할 수 있도록' 가르쳐야 했다. 그래서 내가 대학 시절 개발해 낸 방법이 있다. 이 단원을 가르칠 때마다 학생들에게 '간미연'을 먼저 보여주는 것이다. 학생들이 의아해하면, 그 뒤에 '간미연'으로 삼행시를 짓는다고 이야기한다. 학생들이 운을 띄우면 삼행시를 시작한다. '간! 간단히 말해서, 미! 미분 가능이면, 연! 연속이다.'라고 썰렁

한 삼행시를 읊는다. 그러면 학생들의 대부분은 웃음을 터뜨리곤 했다. 유치한 삼행시로 혼동되는 개념을 절대 까먹지 않게 기억하는 것이다.

강사 생활을 다시 시작하고 '간미연' 단원에 돌입한 날이었다. 나는 자신만만하게 아이패드에 담긴 '간미연'의 사진을 보여주며 수업을 시작했다. 그런데 학생들의 반응이 나의 예상과 다르게 심상치 않았다. 몇 년 전만 해도 크게 웃음을 터뜨리던 학생들은 눈만 껌뻑거리며 미동조차 하지 않았다. 아뿔싸, '간미연'이 활동하지 않은 지 너무 오래되어 버린 것이었다.

"선생님, 그게 누구예요?"
아차 싶었다. 그 반의 학생 중 연예인에 대해 관심이 많은 한 학생이 "아~ 간미연이요!"라고 하는 덕에 위기는 모면했지만, 그때 뼈저리게 깨달았다. '간미연'으로 수업을 계속 재탕할 수는 없다는 것을. 이제는 '간미연'이 통하지 않는 시대가 된 것이다. 항상 똑같은 방식으로 수업을 진행하려고 했던 나의 실책이었다.

매번 똑같은 수업을 진행하는 것은 고인 물과 같다. 교육과정이 바뀌지 않는다고, 수업도 그대로여서는 안 된다는 것이다. 매년의 수업이 다르듯이 매일의 수업도 달라야 한다. 또한, 수강하는 학생들의 수준과 성향에 따라서도 수업은 달라야 한다. 사실 똑같은 수업을 한다고 해서 큰일이 나는 것은 아니지만, 중요한 것은 강사의 태도이다. 모든 수업이 다 똑같다면 차라리 유명 인터넷 강의를 보는 편이 낫지 않겠는가?

하루는 방학특강 수업 중 학생들이 너무 집중을 못하는 날이 있었다. 나는 학생들을 집중시키기 위해 테스트를 진행하기로 했다. 테스트를 진행하면 학생들은 일반적으로 '시험 상황'에 집중하게 된다. 실제 시험과 같은 '긴장 환경'이 조성되기 때문이다. 하지만 방학 중은 이 방법 역시 효과가 미미하다. 학기 중이라면 곧 펼쳐질 '중간고사'를 토대로 '합법적인 협박'이 가능하지만, 방학 중은 시험이 없으므로 긴장감이 좀처럼 조성되지 않는 것이다.

나는 이럴 바에 시험을 하나의 이벤트로 만들기로 했다. '긴장하지 못할 것이라면 즐기기라도 하자'라는 생각이었다. 나는 시험이 시작됨과 동시에 칠판에 안내문을 적기 시작했다. 이번 테스트를 잘 보면 얻을 수 있는 혜택들에 대해 구체적으로 적은 것이다. 80점 이상은 '아이스크림 기프티콘', 90점 이상은 '치킨 기프티콘', 그리고 백 점은 '3박 4일 하와이 해외여행'이라고 적어두었다. 학생들은 그 내용을 보자 피식거리며 웃기 시작했다. 학생들의 웃음이 터지자 시험 분위기는 마치 하나의 축제 분위기처럼 밝아졌다. 한 문제도 풀기 싫어하던 학생조차 눈앞에 보이는 '상품'을 위해 문제에 덤벼들었다. 학생들에게 미끼를 던지는 게 아니냐고 반문할지 모르겠다. 하지만 이것은 학생들에 대한 투자의 일종이다. 이러한 이벤트들도 새로운 수업 분위기를 만드는 훌륭한 도구가 되기 때문이다. 딱딱하기만 했던 테스트시간이 이렇게 긍정적인 긴장감이 넘치는 시간이 되었다면 그것만으로도 성공 아닌가?

한 학생은 나에게 "샘! 진짜로 백 점 맞으면 하와이 보내줘요?"라고 묻기도 했다. 나는 "물론이지! 네가 다 맞히면 우리는 법정에서 만나지 않을까?"하고 농담을 건네기도 했다. 물론 '백 점 방지용' 문제로 아주 어려운 문제도 냈기에 백 점자는 탄생하지 않았다.

물론 시험 분위기가 밝기만 한다고 능사는 아니다. 하지만 앞으로 수도 없이 시험을 치를 학생들에게 이러한 밝은 분위기는 긍정적인 기억으로 남게 된다. 시험이 항상 딱딱하고 두려운 시간만은 아니라는 느낌을 주는 것이다. 그렇게 남은 좋은 기억은 결국 공부에 대한 긍정적인 자극으로 이어진다. 테스트 방식에서의 작은 변화도 큰 차이를 만들어내는 것이다.

수업을 하다 보면 반에 따라 학생들의 분위기가 천차만별이다. 상위권 학생이 많은 반은 어려운 문제를 멋지게 풀어주면 매우 좋아한다. 그런 학생들에게는 1등급을 위한 문제들, 만점을 받기 위해 넘어서야 할 문제들을 주로 다룬다. 아주 어려운 문제들이 단 몇 줄의 풀이로 풀려나가는 희열을 느끼게 해주는 것이다. 문제집에는 나오지 않는 나만의 신기한 풀이법을 보여주면 학생들의 눈빛이 달라진다. "오! 선생님, 방금 풀이는 어떻게 하신 거예요?"하며 놀라워하는 학생들도 많다. 이렇게 상위권 학생들의 '팬층'을 구축하는 것이다.

반면 아주 수학을 못 하는 학생들의 반의 경우에는 상황이 다르다. 기본 문제도 어려워하는 학생들, 그나마 학원에 출석이라도 하면 다행인 학생들에게는 절대 어려운 문제를 풀어주지 않는다. 그들에게 '만점방지용 문제'를 설명하는 것은 시간 낭비다. 기본적인 것도 이해를 못 하는 데 어려운 문제에 집중할 리 없기 때문이다. 이런 학생들의 경우에는 오히려 동기부여가 될 만한 이야기, 일상에 관한 이야기를 토대로 수업에 흥미를 느끼게 한다. 내가 대학 생활을 하며 겪었던 이야기, 대기업에 다니면서 왜 수학 강사가 되었는지에 대한 이야기 등을 실감 나게 풀어준다. 이러한 시간은 절대 시간 낭비가 아니다. 생각해보자. 단 일 분도 집중하지 못했던 학생들에게 흥미를 돋우어 단 열 문제라도 풀 수 있게 만든다면 성공한 수업이 아닐까? 오히려 수업 자체는 상황에 따라 최소화해도 좋다. 무조건 나오는 기본 유형을 쉽게 설명해주는 것만으로 충분하기 때문이다. 핵심이 될만한 내용만 반복하여 지도해도 하위권 학생들은 일정

점수를 확보한다. 절대 무너지지 않는 '베이스라인'을 구축하는 것이다. 게다가 동기부여까지 시킬 수 있으니 일석이조의 효과를 보게된다.

　하루는 수학을 아주 못하는 학생들의 보강 수업을 진행한 적이 있다. 아주 기본적인 유형에 대해서도 반복적으로 틀리기에 속이 답답할 지경이었다. 하지만 관점을 조금만 달리하기로 마음먹었다. 계속해서 틀리는 그 '아주 기본적인 유형'에 대해서만 반복하기로 전략을 수정한 것이다. 물론 그 유형을 앵무새처럼 반복하는 것은 효과가 없다. 나는 한편의 개그 공연을 하듯이 온몸을 쓰기 시작했다. 말그대로 '쇼'를 한 것이다. 나의 문제 풀이 개그쇼가 진행되자, 아이들은 깔깔대기 시작했다. '쇼'를 보던 아이들은 같은 내용이 반복해서 주입되자, 결국에는 이해를 한 눈치였다. 이를 확인하기 위한 테스트를 진행하자 내 생각이 맞았다. 하위권 학생들은 학생들도 넘지못할 것 같았던 기본 유형을 극복해 낸 것이다. 수업이 항상 진지해야 할 이유는 없다. 이러한 학생들에게 아주 고차원적인 수학 개념이나 어려운 문제를 설명했다면 어떻게 되었을까? 결과는 안 봐도뻔하다.

　항상 똑같은 수업을 하는 것은 강사와 학생 모두를 퇴보하게 만든다. 학생들이 누군지에 따라, 성적대에 따라, 관심사에 따라, 그 수업은 달라질 의무가 있다. 수업시간마다 학생들의 표정을 읽고 반응을 분석해야 한다. 그리고 학생들의 직간접적인 피드백에 귀를 기울여야 한다. 그래야 '무엇을' 다르게 수업할지 갈피가 잡힌다. 수업의 성향이 학생들에 따라 다르다고 해서 강사의 색깔이 없다는 뜻은 아니다. 오히려 상황에 따라 유연하게 대처할 '무기'가 많은 것이다. 당신은 '앵무새 강사'가 아니다. 그저 단순한 수업을 매번 똑같이 전달하는 것은 강사의 역할이 아니다. 그것은 녹음기도 할 수 있다. 학생들에게 어떠한 수업 방식이 가장 적합한지, 어떻게 하면 그들이 가장 효율적으로 받아들일지 끊임없이 연구해야 한다. 끊임없이 선택지를 만들어나가는 과정에서 일등 강사의 무기가 탄생할 것이다.

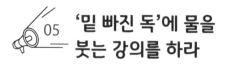

05 '밑 빠진 독'에 물을 붓는 강의를 하라

"어제 알려주지 않았어?"

"잘 모르겠어요."

초보 강사 시절, 수업을 진행할 때마다 아이들과 나눈 대화다. 진도를 나가는 것도 급급한데, 배운 내용을 하나도 모르겠다는 아이들을 볼 때마다 화가 치밀기도 했다. 수학은 단원별로 배워야 하는 단계와 순서가 명확히 정해져 있다. 그렇다 보니 앞 단원의 내용을 망각한채로 다음 단원의 내용을 나가는 것이 사실상 불가능한 단원이 많다. 사칙연산을 모르는데 미적분을 하겠다는 것이 불가능한 것과 같은 이치이다. 하지만 내 수업을 듣는 아이들은 그러한 경우가 비일비재했다.

중위권 이상의 학생들은 어느 정도 기본기가 잘 잡혀있다. 그래서 어제 배운 내용에 이어서 바로 진도를 나가더라도 수업을 진행하는 데에 지장이 없다. 하지만 초보 강사였던 나에게 그렇게 기본기가 충실한 학생은 많지 않았다. 주로 하위권 학생들을 위주로 맡았기 때문이다. 나가야 할 진도는 많은데 계속해서 앞부분을 잊어버리는 아이들을 보면 속이 답답해졌다.

가끔은 학생들에게 복습을 하라며 윽박지르고 협박하기도 했다. 하지만 그럴수록 역효과가 났다. 타의에 의한 공부는 역효과가 난다는 것을 다시 한번 깨닫게 된 순간이었다. 윽박지르면서 아이들을 선도하는 것은 내 기분만 나빠졌다. 나는 마치 감정을 다스리지 못하는 아마추어 강사가 된 기분이었다.

방학특강 도중에 진행한 첫 주간테스트는 나에게 정말 충격적인 기억으로 남아있다. 방학 중에는 학원 전체 학생들을 대상으로 일요일마다 주간테스트를 진행한다. 우리반 학생들뿐 아니라 다른 강사의 반 학생들이 모두 참여하는 시험이다 보니, 강사 간의 묘한 긴장감도 느껴졌다. 그 주에 배운 내용을 토대로 누적 범위에 대한 시험을 진행하는 것이다. 내 나름대로 최선을 다해 가르쳤기에 학생들이 저마다의 승전보를 가지고 돌아올 것이란 기대감도 있었다.

결과는 처참했다. '반타작'은 할 줄 알았던 학생들마저 불과

20~30점의 점수를 맞은 것이다. 채점하는 내내 나의 표정을 관리하기 어려웠다. 이런 점수를 맞아놓고 해방감이 느껴지는 표정을 짓는 학생들이 얄밉게 느껴지기도 했다. 시험 감독을 마무리하고 집에 돌아오자, 맥이 풀려버렸다. '대체 무엇이 문제란 말인가?', '왜 아이들은 기억하지 못하는가?'에 대한 자책감이 나를 괴롭혔다. 게다가 옆 반 학생들의 시험점수는 거의 만점에 육박하는 학생들도 있었으니 더더욱 창피함이 밀려왔다.

어려운 상황을 반전시키기 위해서는 좋은 시스템을 적용해야 한다. 하지만 그 시스템은 스스로의 힘으로 알아내기 매우 어렵다. 전문가의 눈으로 보면 단박에 해결될 상황도 그 상황에 놓인 사람으로선 절대 해결되지 않는 것이다. 절박한 사람보다 여유로운 사람이 상황을 더 잘보게 마련이다. 바둑도 훈수를 두는 사람이 전체 흐름을 더 잘 읽는 것과 같은 이치다.

나는 상황을 해결하기 위해, 나의 멘토인 K 강사에게 자문을 구했다. K 강사는 나의 답답한 이야기를 쭉 듣더니, 나에게 일일 테스트를 진행하는지 물었다. 매일 수업이 시작할 때마다 진도를 누적시켜, 일일 테스트를 진행하라는 것이었다. 학생들은 시험을 볼 때 긴장감을 느끼고 복습을 하게 된다. 이러한 역할을 일일 테스트가 도와주는 것이다. 일일 테스트가 없으면, 학생들은 그저 '진도만 빠지는 학원'을 다니게 되는 것이다.

나는 이 해결책을 바로 적용했다. 매일 수업시간에 진도를 나가기 전에 일일 테스트를 진행했다. 직전의 수업내용과 숙제에서 열 문제 정도를 추려 매일 일일 테스트를 진행했다. 중요한 것은 일일 테스트를 진행할 때 시간을 제한해야 한다는 것이다. 시간이 늘어지게 되면 긴장감이 생기지 않기 때문이다. 물론 시작부터 순조로운 것은 아니었다. 일일 테스트를 보든지 말든지 신경쓰지 않고 지각하는 학생, 몇 문제도 풀지 않고 기억이 나지 않는다며 백지상태의 시험지를 제출하는 학생도 있었다.

이를 해결하기 위해 '일일 테스트'를 잘 본 학생들에게는 반드시 보상을 줬다. 매일 매일 점수를 엑셀 파일에 기록한 것이다. 점수를 기록하는 것과 하지 않는 것은 매우 큰 차이가 있다. 학생들의 일일 테스트 점수를 기록하고 이를 토대로 잘 본 학생은 시상을 진행했다. 그리고 모든 점수는 일주일마다 학부모들에게 공지했다. 학생들에게 싫은 소리를 하지 않아도 스스로 긴장감이 생길 수밖에 없는 구조를 만든 것이다. 그러자 일일 테스트를 대충대충 보던 학생들도, 긴장감을 가지고 시험에 임하기 시작했다. 물에 물 탄 듯 술에 술 탄 듯 수업을 듣던 학생들이 사라진 것이다.

수업 방식에도 변화를 주었다. 장황한 개념설명은 짧고 간결하게 줄였다. 그 대신 학생들이 문제를 풀 수 있는 시간을 늘렸다. 중하위권 학생들일수록 개념설명을 장황하고 길게 지행하면 역효과가 생긴다. 긴 설명 자체에 집중하기 어려워하기 때문이다. 조는 학생들이 발생하는 이유이다. 오히려 개념설명을 짧게 하고 문제별로 적용이 되는 과정을 여러 번 보여주는 것이 훨씬 더 효과적이다. 그렇게 '컴팩트'하게 진행하면, 장황한 개념설명에 '졸 뻔한' 학생들도, 스스로 문제를 푸는 시간을 주면 자율적으로 풀 수 밖에 없는 것이다. 어차피 한번 설명한 개념은 잊기에 마련이므로, 짧은 개념설명을 여러 번 '붓는 것'이다. 한 번만 설명하는 것이 아니라 포인트별로 여러 번 설명해주니 자연스레 학생들이 개념을 잊는 속도보다 더 빠르고 많이 입력할 수 있다. 흘러넘치는 물보다 더 많은 물을 붓는 것이다.

그렇게 일일 테스트와 수업 방식의 변화를 주고 단 일주일이 지났을 때였다. 그날도 여느 때와 같이 주간테스트를 진행했다. '예상대로' 놀라운 일이 일어났다. 20~30점대에서 머물던 우리 반 학생들은 다들 70점을 가뿐히 넘는 것은 물론이었다. 심지어 전체 성적에서 일등을 한 학생도 우리 반에서 탄생하는 기염을 토했다. 윽박지르고 협박해도 까먹기만 하던 학생이 시험지의 마지막 문제까지 풀고 있는 모습을 보자 가슴이 먹먹해지기도 했다. 한 학생은 "선생님, 매일 하던 거라 이 정도는 쉽게 풀 수 있을 것 같아요."라며 자신감을 표했다.

흔히 '밑 빠진 독에 물 붓기'라고 하면 절대 이루어지지 않고, 보람 없는 헛고생을 뜻하곤 한다. 하지만 학생들은 누구나 '밑 빠진 독'과 다를바 없다. 생각해보자, 학생들의 '밑'이 완벽하게 메워져 있다면 굳이 힘들게 학원에 다닐 필요가 있을까? 생각해보니 학생들은 정도의 차이만 있을 뿐 배운 내용을 잊어버리는 것이 아주 자연스러웠다. 모든 학생은 '밑 빠진 독'이었던 것이다.

독의 밑이 빠진 것은 학생들의 잘못이 아니다. 물론 학생들 스스로 복습을 꾸준히 하면 이 문제는 해결이 될 것이다. 하지만 스스로 복습을 할 수 있게 동기를 유발하는 것도 강사의 역할이다. 문제가 생겼을 때 학생의 탓만 해서는 아무 발전이 없다. 밑이 깨진 독이더라도 독을 탓할 것이 아니라, 어떻게 물을 채울 것인지 고민해야 한다. 그 방법은 간단하다. 물이 빠지는 속도보다 더 빠르게 물을 붓는 것이다. 물을 부어주는 역할은 강사가 담당해야 한다.

06 학생과의 교감이 가장 중요하다

나는 회사원이던 시절 원가영업팀에서 근무했다. 주된 업무는 엑셀 프로그램을 통해 제품의 원가를 산출하는 것이었다. 그러나 더 많은 시간을 기울인 일은 따로 있었다. 바로 고객사의 직원들과 '친해지는 일'이었다. 물론 이런 일을 '대놓고' 지시받지는 않았다. 하지만 우리 부서의 선배들은 고객사 직원의 경조사 혹은 승진까지, 그들의 모든 '일거수일투족'을 챙겼다. 업무 회의 시간에 이 내용이 다뤄질 정도였으니, 사실상 주된 업무라 이야기해도 될 것 같다.

업무 초반에는 이러한 업무를 굳이 왜 해야 하는지 회의감도 들었다. 대체 원가 업무를 하는데 왜 고객사 직원의 '둘째 아들 돌잔치'까지 가야 한단 말인가? 점점 의구심과 불만이 쌓여갔다. 나는 이러한 고민을 부서의 선배인 L 과장에게 털어놓았다. L 과장은 나에게 이렇게 조언해주었다. "허 주임, 결국 영업의 성패를 좌우하는 것은 논리적인 자료가 아니라 인간적인 교감이야. 어차피 영업은 사람 대 사람이 하는 것이거든."

나는 '원가영업팀'이었기에 '원가'를 산출하는 업무가 해야 할 일의 전부라 생각했다. 하지만 업무의 중요한 순간에서는 항상 '원가'가 아닌 '영업'이 성패를 갈랐다. 물론 자료가 구체적이고 완성도가 높을수록 도움이 되는 것은 사실이었다. 하지만 그것은 어디까지나 필요조건에 불과했다. 원가협상의 마지막 순간은 '누구의 자료가 얼마나 더 논리적이냐'로 결정되지 않았다. 사람들은 누구나 자신이 논리적으로 지는 것을 좋아하지 않는다. 원가부서에서 근무하는 직원들은 누구나 자기 분야의 전문가들이다. 그러한 사람들이 타 회사의 직원에게 논리로 패배하는 것은 썩 유쾌한 일이 아니다.

L 과장은 이에 대해 모범답안과 같았다. 그는 고객사 직원을 만나러 가면 오히려 '원가'에 대한 이야기는 한마디도 하지 않았다. 그저 상대의 근황을 묻고 자리를 유쾌하게 만들어나갈 뿐이었다. 그것이 저녁 식사 자리든 술자리가 되었든 마찬가지였다. 재미있는 점은 이렇게 상대방과 공감대를 쌓아두자 원가합의서는 언제나, 우리에게 유리한 '고점'에서 합의되었다는 점이다.

결국, 중요한 것은 자료의 명확성이나 논리가 아니었다. 바로 인간적인 교감이었다. 서로의 공감대가 형성된 상태에서 자료의 구성이나 엄밀성은 큰 문제가 되지 않았다. 오히려 그것은 합의 형식을 갖추기 위한 부가요소에 지나지 않았다. 나는 이러한 깨달음을 얻고 본격적인 '교감 활동'에 돌입하기로 했다.

흔히 우리가 생각하는 영업은 '술자리'가 일반적이다. 영업부서는 남성 직원들을 위주로 구성된다. 그러다보니 가장 접하기 쉬운 것이 술자리이다. 나는 술을 잘 마시진 않지만, 술자리를 좋아한다. 그래서 나름 '술로 친해지는 영업'에도 자신이 있었다. 그런데 문제가 발생했다. 내가 담당하게 된 고객사의 직원은 '독실한 기독교 신자'였던 것이다. 그 직원은 술 자체를 죄악이라 여기는 사람이었다. 같이 한 잔을 기울인다는 것 자체가 불가능했다.

다른 방법을 찾아야 했다. 그 직원만의 관심사를 알아보기 위해 그와 많은 대화를 집요하게 나눴다. 그는 일요일마다 조기 축구를 한다고 했다. '그런가보다'하고 지나갈 수도 있었지만, 나는 한 번 제대로 부딪혀보고 싶었다. 그렇게 축구화를 꺼내 들고, 고객사 직원들과 축구를 하러 나섰다. 정말 어색했다. 술자리에서는 술기운의 힘을 빌려 재미있는 이야기를 했지만, 운동은 그렇지 않았다. 그런데도 함께 흘리는 땀에는 신기한 힘이 있었다. 멀게만 느껴졌던 고객사 직원이 아주 가까운 지인처럼 느껴지기 시작한 것이다. 자연스레 그와 업무 협의를 하는 과정도 어렵게 느껴지지 않았다.

하루는 여느 때와 같이 고객사 직원과 축구를 하던 날이었다. 나는 덜 풀린 몸을 이끌고 드리블을 하다 그만 상대의 태클에 걸리고 말았다. 넘어지는 과정에서 내 발목은 완전히 돌아가 버렸다. '악' 소리를 내며 넘어진 뒤 병원에 가서 확인해보니, 발목인대가 파열되었다고 했다. 어쩔 수 없이 깁스를 한 채 목발을 집고, 회사에 출근했다. 회사에서는 난리가 났다. 회사의 선배들은 나에게 "영업하느라 고생이 많다"라고 격려하며, 나를 '전쟁영웅'처럼 추켜세워 주었다. 게다가 그 고객사 직원은 매일같이 나에게 괜찮냐며 안부를 물었다. 나는 장난스레 괜찮지 않다며 너스레를 떨었다. 다친 다리 탓에 나의 거동은 매우 불편했지만, 기분은 썩 나쁘지 않았다. 고객사와 교감을 하는 데 있어 소기의 목적을 달성했기 때문이다. 마치 운동선수가 '부상 투혼'을 발휘한 느낌이었다.

나는 이러한 깨달음을 강사 생활에도 적용하고 싶었다. 영업, 즉 '교감'은 회사 업무에만 적용되는 것이 아니다. 오히려 학생들이 공부할 수 있도록 동기부여 하는데 더 큰 효과가 있다. 특히 하위권일수록 효과는 극명하다. 주로 숙제를 해오지 않는 학생들, 수업에 집중하지 않는 학생들, 매일 지각하는 학생들일수록 뚜렷한 변화를 보인 것이다.

학생들을 공부시키는 데 필요한 것은 '공부하라'라는 지시가 아니었다. 나는 오히려 공부와 거리가 먼 학생들일수록 공부 그 자체에 관한 이야기는 일절 꺼내지 않는다. 못 믿겠지만 사실이다. 직접적인 지시는 역효과를 불러일으킨다. L 과장은 영업활동을 하며 업무와 관련된 직접적인 이야기는 단 한마디도 꺼내지 않았다. 결정적인 협의 과정에서만 내용을 언급했을 뿐이다. 나 역시 마찬가지였다. 학생들과의 '영업활동' 역시 같은 원리였다.

숙제를 매일 해오지 않던 J라는 학생이 있었다. 그는 정말 꾸준하게 숙제를 해오지 않았다. 안 해오는 것으로만 따지면 정말 모범생이었다. 매일 협박을 하고 강요를 해도 그는 한결같았다. 삼십 분씩 지각하는 것은 예사였다. 설상가상으로 수업 시간에는 항상 눈이 반쯤 감겨있었다. 얼핏 보면 정말 답이 없는 학생처럼 보이지만 나는 '교감이 기술'이 이 학생에게도 통할 것이라는 믿음이 있었다. 물론 지각이 너무 잦거나 아주 해이해진 모습을 보일 때는 주의를 시킨 것도 사실이다. 하지만, 이 학생이 등원하면 절대 공부나 숙제 이야기부터 꺼내지 않았다. 그것은 '교감'의 방법이 아니었기 때문이다.

이 학생의 학부모는 J 학생에 대한 걱정이 정말 많으셨다. 수시로 나에게 전화로 상담을 요청하시고는 J 학생의 '방탕한 생활'에 대해 토로하시곤 했다. J가 매일 밤늦게 컴퓨터 게임을 한다는 것이었다. 그리고 이를 제지하려 하면 항상 J가 반항을 하는 바람에 힘들다고 하셨다. 나는 먼저 학부모에게 '집에서는 일부러 통제하려 하지 마시라'고 조언해드렸다. 집에서 부모의 목소리로 전달되는 내용은 언제나 '잔소리'로 들리게 마련이기 때문이다. 더욱이 이미 J의 머리는 너무 커진 상태였다. 고등학교 2학년이나 된 학생이 부모의 통제에 잘 따를 리 없는 것은 어찌 보면 당연하다. 학부모가 걱정하는 것은 게임으로 망가진 J의 생활이었다. 하지만 나는 J 학생이 등원하면 대놓고 게임 얘기부터 꺼냈다. 공부를 시키려는 방법이 공부에 대한 주제부터 꺼내는 것이 아니라는 것을 알기 때문이다. 모든 것이 나의 계산에 의해 이루어졌다.

나는 J와의 충분한 교감이 쌓이는 것과 동시에 조금씩 그의 공부량을 늘려나갔다. 집에서는 폭군이라던 녀석은 결국 학원에 있는 시간만큼은 순한 양과 같았다. 재미있는 점은 J와의 공감대가 쌓이자 스스로 숙제를 해오기 시작했다는 것이다. 지각을 안 한 것까진 아니지만 '정시출근'을 지키기 위해 '뛰는 시늉'까지는 하는 녀석이 미워보이진 않았다. J 학생은 결국, 나와 공부하기 전보다 학교 시험에서 30점이 넘게 향상된 점수를 받았다. J의 학부모는 나에게 정말 감사하다며 장문의 문자를 보내주셨다. 강사로서의 보람이 느껴지는 순간이었다.

강사는 학생을 공부시키는 것이 우선이다. 그러기 위해서는 학생과의 교감이 최우선이다. 학생들도 공부가 중요하다는 것을 잘 알고 있다. 학생들도 자신들과의 교감이 없는 강사의 지시를 받고 싶어하지 않는다. 이것은 마치 친분이 없는 거래처 직원에게 논리로 패배하는 느낌과 같을 것이다. 다시 한번 강조하지만, 첫 단계는 학생과의 교감이다. 학생에게 수학 문제 한 문제를 풀도록 강요하기보다, 먼저 그 학생에게 가볍게 인사를 건네보는 것은 어떨까? 의외의 돌파구가 있을지 모른다.

07 강사의 긍정은 학생들에게 전염된다

　여러 반을 수업하다 보면 반마다 분위기가 극명히 다르다는 것을 느낀다. 어떤 반은 나의 모든 말과 행동에 깔깔대며 반응하는가 하면, 어떤 반은 묵언 수행을 하는 스님들 같기도 하다. 말 그대로 아무 반응이 없는 반도 있다. 강사의 관점에서 반응이 전혀 없는 반은 지치게 마련이다. 무대에 오르는 연극배우들도 호응이 없는 무대를 힘들어하듯 말이다.

　강사도 마찬가지이다. 관객의 적극적인 호응은 무대에 오른 주인공에게 큰 힘이 된다. 호응이 좋은 학생들에게는 강의를 오랫동안 하더라도 힘이 덜 들어가는 느낌이 든다. 그러다 보니 긍정적이고 호응이 좋은 반을 내심 원하게 마련이다.

　그러나 어디 상황이 나의 마음대로 흘러가겠는가. 모든 학생이 마치 방청객처럼 반응해주면 고맙겠지만 그렇지 않은 것이 대부분이다. 어떤 반에는 정말 심하다 싶을 정도로 아무 반응이 없는 학생도 있었다. '어떻게 이 정도로 무표정일까?'라는 생각마저 들 정도였다. 괜스레 그런 학생이 있는 반에서 수업하다 보면 진이 빠지는 느낌이었다. 나는 문득 '학창시절의 나는 어땠었나?'라는 생각에 잠겼다.

나는 학창시절, 공부를 꽤 열심히 하는 학생에 속했다. 죽으라 열심히 하지는 않았지만 그래도 모범생 축에 속했다고 보는 편이 맞다. 처음 배우는 수업 내용은 전부 놓치고 싶지 않았기에 선생님의 얼굴에 레이저를 쏘듯이 몰입한 적이 많다. 그렇게 선생님의 얼굴을 빤히 쳐다보고 있으면, 가끔 어떤 선생님은 나에게 이렇게 말씀하셨다.

"갑재야! 뭐 안 좋은 일 있니? 좀 웃으면 좋을 것 같아"

나는 억울했다. 안 좋은 일도 없었고, 화가 나는 일은 더더욱 없었다. 선생님들은 그저 나의 표정만 보고 나의 기분을 가늠하신 것이다. 하지만 나는 원래 무표정한 얼굴로 있을 때가 많았다. 나는 이렇게 생각했다.

'기분이 아무렇지도 않은데 어떻게 웃으란 말인가?'

나는 그렇게 무심하고 퉁한 표정을 '기본값'으로 가지고 있던 학생이었다. 딱히 부정적이지는 않았지만 그렇다고 긍정적이지도 않은 그런 학생이었다.

입장을 바꿔 학창시절로 돌아가 보니 나도 선생님들께 크게 반응을 잘해준 학생은 아니었다. 내가 강사의 관점에서 학생들의 무반응에 힘들어하듯, 과거에 나를 가르치던 선생님들도 나의 무반응에 많이 힘드셨을 것이다. 또한, 학생시절의 내가 악의 없이 무표정과 무반응으로 일관한 것처럼 나의 학생들도 마찬가지였을 것이다. 그렇게 강사와 학생 간에는 보이지 않는 입장의 차이가 있었다.

나는 지금 수학 강사로 일하고 있다. 강사이므로 당연히 나의 업무 대부분은 학생들에게 말을 하는 것 그 자체이다. 가끔은 학생들에게 재미있는 이야기를 하기도 한다. 나의 수업은 내가 생각해도 밝고 유쾌한 편에 속한다. 그렇게 내성적이고 말수가 없던 내가 이렇게 변하게 된 데는 이유가 있다. 바로 '밝고 긍정적인 사람들 주위로 사람들이 모여든다'라는 점을 깨달았기 때문이다. 긍정적인 사람들은 그의 주변에 '긍정의 기운'을 전파하고 다닌다. 반면, 부정적이고 침울한 사람일수록 주변에는 사람이 따르지 않는다. 심지어는 운마저 작용하지 않는 것처럼 보일때가 많다. 나는 나 스스로를 위해 전략적으로 달라져야만 했다.

온라인 인터넷 강사 중 가장 인기 있는 J 강사의 수업을 들어본 적이 있다. 그 강사의 수업은 아주 심도 있거나 깊은 내용을 다루지는 않았다. 나는 그 강사의 강의를 도서관에서 들은 적이 있는데, 듣다가 너무 재미있어서 밖으로 뛰쳐나간 적도 있다. 피식하며 터져나오는 웃음을 참을 수 없었기 때문이다. 나는 그의 강의를 보며 무릎을 '탁' 쳤다. J 강사의 강의는 수업 자체의 내용도 좋았지만, 더 큰 장점은 따로 있었다. 바로 긍정의 기운이 나에게 전파되었다는 것이다.

나는 이 점에 착안하여 강의를 기획하였다. 딱딱하고 텍스트 위주로만 진행하던 수업에 재미요소를 넣기 위해 골몰했다. 학생들에게 '긍정의 기운'을 전파하기 위함이었다. 실제로 아주 부정적인 태도로 일관하던 여학생이 나의 반으로 전반 되어 온 적이 있다. 다른 강사에게는 대놓고 소리를 지르며 대드는 학생이었다. 약간 신경은 쓰였지만, 나는 그저 나의 방식대로 그 학생을 대했다. 편견 없이 나의 방식을 증명하고 싶었기 때문이다. 초반 한 달간은 내가 무슨 말을 해도 아무 반응이 없었다. 하지만 '낙숫물이 댓돌을 뚫는다.'라고 했던가. 아무 반응이 없던 그 학생은 결국, 나와 가장 많이 소통하는 학생 중 한 명이 되었다. 나는 그 학생이 그렇게 웃음이 많은 학생인 줄 미처 몰랐다. 결국, 나의 끊임없는 긍정이 그 학생에게 전파된 것이라 믿는다. 긍정을 전파하는 것도 인내가 필요하다.

긍정도 하나의 전략이다. 그저 긍정적으로 생각하는 것을 '정신승리'라며 비판하는 사람들이 있다. 상황이 긍정적이지 못한데 생각만 긍정적이어서 무슨 소용이 있겠냐는 것이다. 하지만 그렇지 않다. 인생은 원래 자신과의 끊임없는 싸움이다. 스스로 긍정적이지 못해서 잃게 되는 비용이 더 큰 법이다. 긍정적이지 못한 생각이 한번 꼬리를 물면 더 큰 부정을 낳는다. 부정 역시 전염성이 크다. 강사의 부정이 학생들에게 전염되기도 쉬운 것이다. 그렇기에 우리는 전략적으로 긍정적인 강사가 될 필요가 있다.

물론 개인적으로 힘든 상황이 올 때는 쉽사리 긍정적으로 생각하기 어려운 경우가 많다. 이러한 경우가 가장 힘들다. 긍정적이어야 한다는 것을 알면서도 부정적인 생각에서 벗어나기 힘들기 때문이다. 이런 경우에는 도움이 되는 방법이 있다. 김상운 저자의《왓칭》이라는 책에서 힌트를 얻었는데, 바로 '자신을 3인칭으로 객관화시켜 바라보는 기술'이다. 이를테면 아주 짜증 나고 화가 나는 일이 생겼다고 해보자. 이렇게 화가 난 나 자신을, '1인칭 감정'으로 바라보는 것이 아니라, '3인칭 관찰자의 감정'으로 바라보는 것이다. 쉽게 말해서, 당신이 객석에 앉은 상태로, 무대에 선 배우를 바라본다고 해보자. 배우가 화를 내며 씩씩거리는 장면을 바라본다면 어떤 느낌이 들겠는가? 아마 배우의 부정을 멈추고 싶은 생각이 들지 않겠는가? 마찬가지이다. 부정을 멈추는 가장 효과적인 방법은 자신을 객관적인 3인칭 이미지로 시각화하는 것이다. 객관화하는 순간 상황은 오히려 간단해진다.

학생들에게 긍정을 전파하기 위해, 무엇보다 좋은 기술은 '긍정적인 측면에만 집중하는 것'이다. 지속적으로 설명해줘도 문제를 잘 풀지 못하거나, 수업에 반응이 없는 학생들을 보면 울컥 화가 날 때도 있다. 긍정보다는 부정이 먼저 떠오르는 것이다. 강사의 머리에 부정이 떠오르면 자연스레 수업은 부정적이고 딱딱한 느낌이 되어가게 마련이다. 하지만 이럴 때일수록 긍정적인 측면에만 집중해보자. 문제를 잘 풀지 못하는 학생일지라도 단계별로 끊어서 설명해주면, 단계별 풀이는 해나갈 수 있을 것이다. 답은 내지 못하더라도 다음 줄로 나아갈 논리는 만들어내는 것이다. 반응이 없는 학생은 반대로, 수업에 고도로 몰입한 상태일지 모른다. 강사의 관점을 살짝 바꾸면 학생들은 달리 보일 수 있다.

만약 아주 무반응인 학생들 때문에 정말 힘들다면 스스로 '동영상 강의를 촬영한다'라고 생각하는 것도 좋다. 스튜디오에서 동영상 강의를 촬영하는데 다른 사람이 반응할 리 있겠는가? 반응이 있는 것이 더 이상한 것 아닌가? 그런 경우에는 자신의 앞에 한 대의 카메라밖에 놓여있지 않다고 생각해보자. 한결 마음이 가벼워질 것이다.

당신의 긍정은 학생들에게 전염된다. 당신이 긍정적이지 못하면, 학생들도 늘 부정에 빠져있게 된다. 단 한 문제의 수학 문제를 준비하기 전에, 먼저 당신의 긍정을 준비해보자. 이는 당신의 가치를 올

려주는 중요한 기술이다. 긍정적인 사람은 없다. 다만, 긍정적인 생
각과 기술이 있을 뿐이다.

08 당신의 수업을 기록하라

뚜렷한 '기억'은 흐릿한 '기록'을 이길 수 없다. 기록의 역할은 그만큼 중요하다. 아무리 머리가 비상하다 할지라도 이를 데이터화 하는 것과 하지 않는 것은 천지 차이다. 결국, 사람의 두뇌는 '저장의 한계'를 인정해야 한다.

나는 기억력이 좋은 편이라 믿었다. 그래서 강사 생활 초기에 특별히 무언가를 기록하지 않았다. 사실 기록할 것이 별로 없을 것이라 착각한 것이다. 그저 강의만 멋드러지게 하면 모든 것이 해결되는 줄로 알았다. 나의 착각은 결국 부메랑처럼 나에게 되돌아왔다. 학생을 관리하는 데 있어서 데이터는 필수였다. 데이터 없이는 아무것도 관리할 수 없었다.

하루는 신입생들의 학부모 상담을 하던 날이었다. 어느 학생이건 첫 수업을 마치면 개인별 상태를 분석한 뒤, 학부모에게 상담 전화를 한다. 그런데 그때는 유달리 신입생들의 유입이 많던 때였다. 나는 학부모들에게 전화를 걸면 습관적으로 쓰는 패턴이 있다. "안녕하세요? 처음 인사드리죠?"라고 인사를 건넨 뒤, 학생의 이야기를 이어 나가는 것이다. 처음 인사를 드리는 학부모에게는 이러한 인사말이 유용하게 쓰인다.

문제는 며칠 뒤 일어났다. 여러 학부모에게 전화를 돌리다 보니 누가 누구인지 헷갈리고 만 것이다. 결국, 며칠 전 첫인사를 드린 학부모에게 다시 전화를 걸어 실수를 저지르고 말았다. 두 번째 거는 전화에서 "제가 처음 인사드리죠?"라고 착각한 채 이야기한 것이다. 그러자 학부모님께서는 "지난번에 하시지 않으셨나요?"하고 답하셨다. 식은땀이 흘렀다. 임기응변으로 넘기기는 했지만 정말 해서는 안 될 실수였다. 상담하면서 어떠한 기록도 해두지 않았기에 발생한 일이었다.

관리를 기억과 감각에 의존하는 것은 정말 무모한 일이었다. 직관은 공격적이지만, 관리와 상담은 방어가 최우선이다. 방어를 위해 반드시 필요한 것은 기록이다. '첫인사'를 두 번 하는 실수를 저지르고 나서 뼈저리게 반성했다. 실수의 재발을 막기 위해, 학생별로 상담일지를 작성하기 시작했다. 학생의 현재 성적, 진도별 성취도, 숙제 성취도 등에 대해 세세하게 체크 했다. 그렇게 학생별 자료를 마련해두자 학부모와의 상담이 굉장히 편리해졌다. 학부모에게 갑자기 전화가 걸려오더라도 학생별 기록일지가 훌륭한 데이터 역할을 했기 때문이다. 기록된 데이터는 내가 어떠한 말을 해야할지에 대한 방향을 제시해줬다.

학생별 데이터는 시기별로 학부모 상담을 실시할 때 굉장히 유용하다. 먼저 상담 전화에 들어가기 전, 학생별 데이터를 토대로 상담 시나리오를 짠다. 전화 상담 시에 어떤 이야기를 할지 미리 정하고 실시하는 것이다. 현재 학습 상태가 어떠한지, 방학 계획은 어떻게 되며, 예상 점수는 어느 정도 되는지에 대해 미리 짜인 대본을 구성하는 것이다. 이러한 전략 없이 무작정 상담하면 굉장히 힘들어진다. 구구절절 말만 길어지고 중언부언하게 되는 경우가 많기 때문이다.

데이터는 무엇보다 수치 그 자체로 모든 것을 표현할 수 있다는 데 강점이 있다. 어떠한 단어를 통해 학생의 상태를 묘사하는 것보다 숫자 자체가 의미를 담고 있기 때문이다. 가장 흔하게 쓰이는 것이 모의점수와 예상등급이다. 굳이 애매한 이야기를 하며 설명할 필요가 없는 것이다. 그저 학부모들에게 수치의 이면에 담긴 의미만 설명하면 된다. 자료의 해석에 대한 부분까지 학부모에게 맡겨서는 안 된다. 이것은 학생을 담당하고 있는 강사가 해야 할 부분이다.

수업을 기록하는 것 중 가장 큰 효과를 본 것이 '일일 테스트'였다. 일일 테스트는 학생들의 성취도를 매일 측정하기 위해, 전날 배운 내용을 토대로 작성한다. 매일 일일 테스트를 통해 학생들에게 시험이라는 긴장감을 주는 것은 이미 이야기했을 것이다. 시험을 통해 학생들은 자연스럽게 복습의 효과를 얻을 수 있으니 일석이조이다.

'보통 강사들도 일일 테스트는 다 시행하지 않나?'라고 생각할지 모른다. 하지만 중요한 것은 일일 테스트를 본다는 행위 자체가 아니다. 바로 일일 테스트의 결과를 통해 '어떻게 학생들을 관리할 것인가'이다. 보통 강사들은 주로 일일 테스트지를 채점하고 그냥 넘긴다. 그저 학생들의 오답에 대한 해설만 간간히 진행하는 것이다. 그 외의 피드백을 기대하기 힘들다. 하지만, 그것만으로는 절대 데이터가 될 수 없다. 반드시 테스트 이후에 피드백이 될 만한 가치를 지닌 자료로 가공해야 한다.

방법은 다음과 같다. 나는 먼저, 학생들의 일일 테스트를 모두 직접 채점했다. 학생 수가 많은 때에는 조교의 도움을 받았다. 중요한 것은 학생 스스로 채점하게 해서는 안된다는 것이다. 그리고 주요 문제들에 대한 해설을 진행했다. 여기까지는 일반적인 방식과 동일할 것이다. 하지만 다음이 중요하다. 나는 채점이 된 시험지를 토대로 학생들의 문제 정오표를 작성했다. 엑셀 시트에 수식을 걸어 하나의 분석표를 만든 것이다. 이 시트는 매우 유용했다. 학생들의 정오답 상황에 따라 문제별 정답률을 산출할 수 있었기 때문이다. 분석표에 산출된 정답률은 학생들에게 문제 해설을 할 때 큰 도움이 되었다. "자, 이 문제는 아주 오답률이 높은 문제지?"식으로 이야기하면 학생들은 주의를 기울였다. 모든 문제에 집중시키는 것은 어렵지만, 포인트를 주어 일부에 집중시키는 것은 수월하다. 문제별 정답률은 강사가 하는 말에 신뢰도를 높이는 효과도 있었다.

학생별 일일 테스트 분석표는 시험 기간에 특히 유용하다. 학생들이 어떤 문제를 틀렸는지에 대한 데이터를 통해 개인별 오답 노트를 만드는 것이다. 오답 노트가 중요하다는 것은 누구나 잘 알 것이다. 하지만 오답 노트를 제대로 만드는 학생은 거의 없다. 솔직히 말해서 만드는 과정 자체가 매우 귀찮기 때문이다. 학생들이 오답 노트만 공부하더라도 공부 효율은 상상하기 어려울 정도로 높아진다. 이 과정을 강사인 내가 대신하기로 했다. 모든 문제는 아닐지라도 일일 테스트에서 틀린 문제들을 개인별 오답노트로 편집해준 것이다. 무작정 오답노트의 중요성을 강조하기보다, 효율성에 주목하기로 했다.

이렇게 만든 '데이터 기반 자료들'은 효과가 엄청났다. 다른 강사에게 1년 동안 배우다가 나의 반으로 전반 된 B라는 학생이 있었다. 고등학교 1년 내내 50~60점대를 맞던 학생이었다. 성적대와 비례

하여 학습 태도도 정말 좋지 못했다. 매일 아이돌 가수에 대한 팬클럽 활동을 하다가 늦게 자는 바람에 오전 수업이 있으면 제시간에 오는 날이 거의 없을 정도였다. 이 학생이 1학년을 마무리하고 나의 반으로 전반 될 때는 사뭇 긴장되기도 했다.

하지만 진심으로 나의 시스템을 하나하나 적용하자 군말 없이 잘 따라오는 예쁜 학생이었다. B 학생이 지각하면 늦는 만큼 보충을 시키기도 했지만, 다행히 수업시간 만큼은 집중하는 모습을 보여 참 예쁜 학생이었다. 나는 오히려 성적대가 낮고 학습 습관도 온전치 못한 B 학생이 반가웠다. 나의 시스템을 검증해줄 수 있는 좋은 사례가 될 것이라 믿었기 때문이다. 나는 B 학생에게도 여지없이 일일 테스트를 진행했고 데이터에 기반하여 시험대비 자료를 만들어 주었다.

결과는 믿을 수 없을 정도로 놀라웠다. 일 년 동안 50~60점대에서 맴돌던 B 학생은 나와 공부한 지 삼 개월 만에 치른 고2 중간고사에서 단 한 문제만을 틀린 것이다. 본인도 실수로 한 문제를 틀렸다며 아쉽다는 듯 나에게 이야기했을 때는 정말 감개무량했다. 이렇게 감각이 아닌, 자료에 따른 수업은 믿을 수 없는 결과들을 만들어왔다. B 학생뿐 아니라 여러 학생에게서 증명할 수 있었다. 마치 2002 월드컵에서 박지성 선수가 골을 넣고 히딩크 감독의 품으로 달려올 때의 희열을 느낄 수 있었다. 그만큼 기록의 힘은 엄청났다.

당신의 수업은 머리가 아닌 문서로 기록해야 한다. 그 문서가 종이가 되었든 컴퓨터 파일이 되었든 중요하지 않다. 당신이 기록한 자료들은 질 높은 수업을 위한 기초 자료가 된다. 훌륭한 상담 자료가 되기도 하고 시험대비 자료가 되기도 한다. 그리고 그 자료들이 모여 엄청난 결과를 만들어내는 것이다. 하루하루의 데이터들을 허투루 보내지 말자. 이들을 하나하나 엮으면 당신을 일등 강사로 만들어내는 비법노트가 될 것이다.

09 퇴근 이후가 강사력을 가른다

강사들에게 밤 열시 이후는 엄청난 유혹의 시간이다. 강의 시간 내내 말을 계속해서 쏟아내기 때문에 수업이 끝나면 뭔가 공허한 느낌을 지우기 힘들다. 그렇게 한바탕 수업에서 쏟아내고 나면 허기가 진다. 하루 종일 골치를 썩이던 학생이 떠올라 술 한 잔이 생각나기도 한다. 나도 역시 그러한 유혹에 매우 취약했다. 한마디로 나는 분위기에 정말 잘 휘둘리는 강사였다.

하루는 십년 만에 만난 대학동문과 만난 적이 있다. 퇴근을 한 뒤 자정이 넘어서 만났는데도 너무나 반가웠다. 커피나 간단히 마시자며 만났지만, 결국 소주잔을 기울이게 되었다. 추억을 안주 삼아 술잔을 기울이다 보니 어느새 새벽 다섯 시가 넘어서까지 술자리가 이어졌다. 눈을 떠보니 나는 내 차의 조수석에서 웅크린채 쓰러져 있었다. 아마도 대리운전 기사님이 나를 깨우다가 포기한 채 돌아간 것 같았다. 겨울 날씨임에도 불구하고 따뜻한 편이었기에 망정이지 하마터면 동사할 뻔한 순간이었다.

그렇게 부랴부랴 학원으로 출근하여 회의에 참석했다. 회의에서 나는 단 한마디도 할 수 없었다. 말을 하면 술기운이 올라와 구역질이 났기 때문이다. 한마디도 안 하고 있는 나를 누가 보면 정말 화가 난 사람처럼 보았을지 모른다. 그날의 수업도 역시 최악이었다. 제대로 된 컨디션으로 진행 할 수 없었기 때문이다. 부끄러웠다. 나는 퇴근 이후의 시간을 너무 헛되이 보내고 있었다. 이런 식으로 지내서는 발전은 커녕 퇴보만 있을 것 같았다.

그 날 이후로 나는 퇴근 이후의 모든 술자리에 파업했다. 이전과는 달라져야 했다. 강사는 강의를 하는 시간 이외의 시간이 오히려 더 중요하다. 강사 자체의 능력을 개발할 수 있는 시간이기 때문이다. 술에 찌들어 다음 날을 망치는 일 따위는 없어야 한다.

나태함을 느낄 때 자극을 주는 사람의 역할은 매우 크다. 미처 내가 생각지 못했던 것을 느끼게 해주기 때문이다. 동대문에서 수학을 가르치는 D 강사가 나에게 그런 존재였다. D 강사를 알게 된 것은 우연히 수학 관련 블로그를 뒤적이면서였다. 동대문에서 수학을 가르치는 D 강사의 교육철학은 남달랐다. 어떠한 일이 있어도 하루에 적어도 세 시간 이상은 수학 공부를 한다고 했다. 그녀는 단순히 문제를 푸는 것과 수업을 매끄럽게 진행하는 것은 별개라며 수업을 준비하는 절대시간에 대해 강조했다. 그렇게 세운 자신의 기준을 매일 지켜나간다는 것이었다. D 강사는 수학 문제만 푼 것이 아니다. 강사로서 어떻게 인생을 살아갈 것인지에 대해 고민이 담긴 글들을 포스팅했다. 그의 글들은 자신의 철학과 목표의식이 확고했다. 퇴근 후에 술잔이나 기울이며 쉴 궁리를 하던 나는 그를 보며 크게 반성하게 되었다. 세상에는 퇴근 이후에도 자기개발을 위해 힘쓰는 강사들이 정말 많았다.

나 역시 퇴근 시간 이후를 제대로 활용하기로 계획했다. 처음에는 D 강사를 그대로 따라 하기 위해 집에 도착하자마자 책을 펴곤 했다. 하지만 집에서 책을 펴고 공부할 자세를 취하면 집안의 공기는 나에게 엄청난 유혹을 해댔다. 책상 옆에 높인 침대는 마치 블랙홀과 같이 느껴졌다. 도무지 삼십분 이상을 앉아있기 어려웠다. 하긴 중학생때부터 집에서는 공부가 되지 않았으니 성인이 되었다고 달라질리는 없어보였다. 학창시절 시험기간에 누구나 겪듯이 '한 시간만 자고 공부해야지'하고 눈을 붙이면 다음 날이 되곤 했다. 이러한 버릇은 내가 성인이 되고 나서도 고쳐지지 않았다. 그렇다. 환경의 힘은 이렇게 강력했다. 나는 환경과 싸우지 않기로 결론 내렸다. 그 이후로 나는 퇴근을 하면 반드시 카페로 향한다. 장소를 바꾸는 일은 그만큼 중요한 일이다. 만약 당신이 공부가 전혀 되지 않는 환경이라면 우선 환경부터 바꿔라. 스스로 관리될 수 있는 환경을 찾는 것이 환경을 이겨내는 것보다 훨씬 더 비용이 적게 드는 일이다.

그렇게 나는 퇴근 이후의 시간을 모조리 카페에서 보냈다. 카페에서 보내는 시간은 나에게 가뭄에 내리는 단비처럼 느껴졌다. 술을 마시거나 멍하니 있을 때는 느끼지 못했던 시간들을 알차게 보낼 수 있었기 때문이다. 온전히 나에 대해 집중할 수 있는 시간이었다. '내가 지금 보내고 있는 시간들'이 모여 나의 몸값이 된다고 생각하니 가슴이 떨려왔다. 카페에서 한 시간의 자기계발을 할 때마다 나의 가치가 계속해서 증가하고 있다고 생각하니 시간을 허투루 보낼 수 없었다. 퇴근 이후에 카페에서 보내는 시간은 나의 미래가치에 대한 투자였다.

퇴근 후에 구체적으로 무엇을 할 것인가에 대한 고민도 많았다. 가장 중요한 것은 수학을 공부하는 것이었다. 이것은 가장 기본 중의 기본이었다. 칠판에 올릴 한 문제 한 문제를 조금 더 간결하게 설명할 수 있도록 준비했다. 준비 없는 수업은 복잡하고 난해한 수업으로 이어지기 쉬웠다.

수업준비는 절대로 강의준비 자체만을 의미하지 않는다. 학생들에게 나눠줄 자료를 만드는 작업 역시 포함된다. 시험대비 기간이다가올수록 내가 만든 자료들은 힘을 얻었다. 그렇게 강의뿐 아니라 내가 만든 자료에 대한 가치도 상승시켰다. 나만의 무기를 하나하나 다듬어나간 것이다.

하지만 수업준비를 하는 것만으로는 뭔가 아쉬움이 남았다. 나의 수업을 조금 더 나은 방향으로 이끌고 싶었기 때문이다. 나는 매일 하루의 수업에 대한 리뷰를 진행했다. 리뷰의 내용은 이렇다. 먼저 당일 수업의 진도는 계획대로 진행했는지 검토했다. 모든 수업을 강의 계획서를 토대로 진행했기 때문이다. 진도표대로 강의를 나갔는지, 계획대로 나가지 못했다면 그 원인을 분석했다. 원인은 크게 두 가지였다. 첫째는 계획서상의 분량이 너무 많은 경우였다. 계획서의 분량은 학생들이 받아들일 수 있는 적정량을 계산하는데에서 시작된다. 두 번째는 개념설명을 너무 길게 한 경우이다. 이 경우는 시간이 부족하여 진도를 계획대로 나가기 힘들어진다. 이때는 개념설명을 조금 더 간결하게 다듬도록 강의 노트를 수정했다. 설명이 길어지는 원인은 딱 하나이다. 나의 설명을 학생들이 한번에 받아들이지 못하기 때문이다. 이것은 백 프로 강사의 문제이다. 조금 더 쉽고 간결한 표현으로 접근할 수 있는지에 대한 분석이 필요했다.

수업 내용 외적으로 학생관리 면에서도 리뷰를 진행했다. 나는 매일 학생들과 나눈 대화를 되새겨본다. 누가 보면 강박증이라 생각할 수도 있지만, 학생들과 어떠한 소통을 했는지에 대해서도 철저한 검토가 필요하다. 가령, 숙제를 안 한 학생에 대하여 어떻게 대응했는지, 불필요한 감정표현은 하지 않았는지에 대해 철저히 되짚어 보는 것이다. 혹여나 불필요한 야단을 쳤다든지, 감정을 소모한 일이 있었는지, 있었다면 더 나은 방법은 무엇이었을지에 대해 고민의 시간을 가진다. 혹여나 학생과의 감정소모가 있었다면 반드시 학생이 하원하기 전에 풀어야 한다. 혹시나 그러한 시기를 놓쳤다면 퇴근을 하고나서라도 간단한 문자를 남겨야 한다. "J야, 쌤이 공부 열심히 하자고 얘기한 거 알지? 앞으로도 열심히 해보자." 물론 맨입으론 하는 것보다는 간단한 아이스크림 기프티콘이라도 선물하는 것이 좋다. 우스갯소리지만 문제 상황을 해결하기 위해서는 맨입보다는 선물이 있으면 효과가 더 좋다. 중요한 것은 학생들과의 불필요한 감정 마찰을 줄이는 것이다. 강사는 학생들을 가르치는 어른인 만큼 감정적으로 성숙해야할 의무가 있다. 이러한 일련의 과정은 스스로 관찰해야 한다.

'수업준비'와 '수업리뷰' 외에 퇴근 후 시간을 가득 채울 수 있는 좋은 방법에는 독서가 있다. 수학책만 보던 나에게 독서는 수학 이외에 새로운 시각을 키울 수 있는 점이 좋았다. 독서라고 해서 아무 책이나 마구잡이로 읽은 것은 아니다. 나의 가치를 높일 수 있는 엄선된 책들을 위주로 읽었다. 그러한 책들은 나에게 성공자가 되려는 방법들을 일깨워주었다. 많은 책 중에서 가장 인상 깊은 내용은 바로 '감사일기'에 대한 내용이다. '감사일기'라 함은 말 그대로 매일 일어나는 상황에 감사하다는 일기를 남기는 것이다. 처음에 나는 이 내용을 보고 정말 유치한 내용이라 생각했다. 감사할 내용이 없는데 대체 무엇을 감사하란 것인지 의구심이 들기도 했다. 하지만 재미있는 점은 감사일기를 쓰려고 마음먹고 난 이후이다. 일부러라도 감사일기를 쓰려고 생각하면 감사할 거리가 떠올랐다는 것이다.

생각해보면 우리의 일상은 모두 감사할 거리로 넘쳐난다. 생각해보자. 나의 수업을 들으러 오는 학생들은 수많은 강사 중에 굳이 나를 선택하여 수업을 듣는다. 당연히 감사할 일이다. 나에게 강의를 맡겨주는 원장 선생님 역시 감사할 분이다. 심지어는 내가 돈을 지불하여 사는 물건들조차도, 그것을 만든 개발자들에게 감사해야 할 일이다. 모든 것은 감사할 일들로 넘쳐난다. 이렇게 감사하는 상황들을 인지하고 일기를 쓰자 하루의 마무리가 달라졌다. 부정적인 느낌을 주던 학생들마저 감사해야 할 대상이 된 것이다. 저절로 긍정적인 사람이 될 수밖에 없었다. 감사일기에는 하루를 완벽하게 마무리할 수 있는 위력이 있었다.

결국, 퇴근 이후의 시간은 강사력을 키울 수 있는 최고의 시간이다. 단순히 강의만을 준비하는 것이 강사의 역할이 아니다. 가장 나답게, 가장 가치 있는 강사를 만들어 낼 수 있는 시간을 활용해야 한다. 지금부터라도 퇴근 후 시간을 헛되이 여기지 말자. 그 시간이 모여 훗날 당신의 강사력을 높이는 밑거름이 될 것이다.

10 벤치마킹과 이미테이션은 다르다

　〈히든싱어〉라는 프로그램을 아는가? 한 명의 진짜 가수와 모창 능력이 뛰어난 일반인들이 나와, 노래 대결을 벌이는 프로그램이다. 가끔 일반인들의 모창을 들으면 정말 소름이 돋을 때도 있다. 실제 가수의 목소리와 너무나 흡사하기 때문이다. 그렇게 가수들의 노래를 그대로 따라 하다 보니 모창을 하는 일반인들의 노래 실력도 장난은 아니다. 가끔 그들 중 실제 가수로 데뷔를 하기도 한다. 하지만 데뷔한 모창 가수 중 우리의 기억 속에 남아 있는 사람은 몇 없다. 아마 있다고 하더라도 '아무개 가수의 모창 능력자' 정도로 기억할 뿐이다. 왜일까? 이유는 간단하다. 그들은 자신만의 색깔이 없기 때문이다. 시작부터 누군가를 따라 했기에 그들 고유의 색깔이 무엇인지 기억하기 힘든 것이다. 그들은 '노래를 잘한다'라는 느낌보다는

'누군가와 비슷하다'라는 느낌으로 각인된다.

나 역시 〈히든싱어〉의 모창 능력자와 같은 삶을 살았다. 나는 학창시절부터 '따라쟁이'였다. 전교 1등이 하는 행동들은 모조리 따라했다. 공부법은 물론 그들의 행동 일거수일투족을 분석했다. 그들은 나의 '롤모델'이었다. 롤모델을 삼아두고 그들이 하는 방식을 모조리 흡수하려 노력했다. 이 방법은 초반에 매우 효과적이다. 단번에 나의 성적이 그들처럼 만점 권에 가지는 못했지만 일,이등급 언저리까지는 가파르게 상승할 수 있었다. 이는 마치 마라톤에서 일등을 따라잡으러 달려가면, 일등은 못되더라도 선두그룹에는 속할 수 있는 것과 같은 원리이다.

나는 그 친구의 모든 것을 다 따라 했다. 공부법은 물론 푸는 문제집까지 말이다. 그랬더니 나의 성적도 수직으로 상승하기 시작했다. 하긴 그럴 수밖에 없었던 것이 그 친구의 공부량은 상상을 초월했다. 문제집을 사면 웬만해서는 하루나 이틀 만에 한 권을 모두 푼다고 했다. 나 역시 그 친구의 조언대로 움직이기로 했다. 초반에 며칠은 그 친구의 속도대로 따라가는 듯했다. 그러다보니 어떤 문제는 개념조차 전혀 이해가 가지 않는 문제가 있었다. 하지만 나는 그 친구의 방법대로 진행했다. 그 친구가 전교 일등이라는 믿음 때문이었다. 나는 무슨 내용인지도 모르는 채 '하루에 한권'이라는 슬로건을 걸고, 문제를 풀어나갔다.

결국, 나는 '황새를 따라가던 뱁새'가 되고 말았다. 가랑이가 찢어지기 전에 그만둬서 다행이지, 나에게는 맞지 않는 방법이었다. 누구에게나 똑같이 적용되는 공부방법은 없었다. 자기의 색깔에 맞는 방법은 따로 있기에 마련이다.

하지만 강사 생활을 시작하고 나서도 나의 이러한 습관은 계속됐다. 특정한 대상을 좇아간다는 것은 굉장히 달콤했다. 주로 유명 강사들이 나의 타깃이 되었다. 그들의 수업을 듣다 보면 그들의 분위기를 모두 흡수할 수 있었다. 나는 그 달콤한 유혹을 이기지 못했다.

한번은 개념적으로 정말 자세히 설명하는 강사의 강의를 본 적이 있다. 그의 판서 구조는 정말 컴퓨터를 옮겨놓은 듯이 정확했다. 판서 하나하나는 마치 기계로 찍어놓은 듯 예술작품과도 같았다. 마치 서예 작품을 보는듯한 느낌도 들었다. 나는 무릎을 '탁' 치고 그의 판서를 그대로 필기하였다. 그리고는 나의 수업시간에 칠판에 올렸다. 대성공으로 막을 내릴 것 같았던 나의 시나리오는 정반대로 흘러갔다. 내가 올려야 할 판서를 반도 올리기 전에 학생들의 눈은 감겨있었다. 심지어 내가 본 강의에서는 학생들이 '예'하고 대답을 잘하는 분위기였지만, 나의 학생들은 사뭇 다른 분위기를 냈다. 똑같이 따라 하려고 했던 나의 전략은 그야말로 대실패로 막을 내렸다.

나는 실패의 원인을 그 강사의 탓일 것이라 생각했다. 다른 강사를 따라하면 상황이 개선될 것이라 생각한 것이다. 나는 마치 긴급히 볼펜진을 투입하듯 분석할 강사를 바꿨다. 이번에는 아주 밝은 강사였다. 그 강사는 수포자도 살려낸다는 대중성을 갖추고 있었다. 그의 강의는 너무 재미있어서 강의를 듣다보면 피식 웃음이 터지곤 했다. 보는 내가 기분이 좋아질 정도였다. 나는 이 강사를 분석해야겠다고 결심했다. 하지만 그 강사는 활기가 넘치는 만큼 판서가 지저분했다. 그의 강의를 그대로 차용하기 위해서는 판서를 포기해야만 했다. 그대로 따라했던 수업의 첫날 내 칠판을 보니 정말 엉망이었다. 이건 아니라는 생각이 들었다. 어딘가 움츠러들기 시작했다.

게다가 나는 기본적으로 다른 사람의 성대모사를 잘한다. 무엇이든 다른 사람이 한 말을 전할 때는 그 사람으로 빙의되어 말하는 습성이 있다보니 자연스레 성대모사로 이어졌다. 이것은 개인기의 소재로 아주 좋다. 하지만 강의를 분석할 때는 독이 되곤 했다. 내가 분석하고 있는 강사의 목소리에 너무 심취하다 보니 어느 순간 그 강사의 목소리조차 따라 하는 나를 발견한 것이다. 한창 재미있게 수업을 풀어나가고 있는데 한 학생이 나에게 이야기했다.

"선생님, 선생님 목소리는 대체 어떤 것인지 모르겠어요."

충격적인 이야기였다. 내 수업을 듣고 있는 학생이 나의 목소리가 어떤지 모르겠다니 이게 무슨 말인가. 하지만 동시에 이해가 될

법도 했다. 이것은 단순히 목소리 톤이 아니라 나의 색깔에 대한 문제였다. 그렇게 나는 나 스스로 질문을 던졌다.

'내 강의의 색깔은 무엇일까?'

결론적으로 나만의 색깔은 뚜렷하지 않았다. 나는 〈히든싱어〉에 나오는 모창 가수와 다른 바 없었다. 간단히 말하면 나는 '이미테이션 강사'였다.

나는 '롤모델'을 분석하고 싶었다. 하지만 결과적으로 그것은 분석이 아니라 모방으로 이어졌을 뿐이다. 아주 크게 놓치고 있는 것이 있었다. 내가 해야 할 것은 모방이 아닌 벤치마킹이었다. 내가 따라 하고자 하는 대상을 그대로 옮기는 것은 의미가 없다. 그것은 그저 명품을 따라 하는 짝퉁과 다른 바 없는 것이다. 그들의 강의에서 장점만 취하되 그 안에서 새로운 가치를 만들어내야 했다. 새로운 가치라는 것은 다른 곳에 있는 것이 아니다. 그것은 바로 내 안에 있었다. 자신을 믿지 못하면 벤치마킹도 할 수 없다. 내 안에 무언가를 찾아내는 과정이 벤치마킹의 시작인 것이다. 명품에는 그것을 만든 장인만의 고유한 정신이 녹아있다. 내가 다른 강사의 강의를 그대로 차용하는 것은 나의 고유한 정신을 담아내는 것과 거리가 멀다. 나는 나 스스로 명품이 될 기회를 버리고 있었다. 짝퉁은 아무리 잘 만들어도 진품의 가치를 넘어설 수 없기 때문이다.

나는 나만의 강점이 무엇일까에 대한 고민했다. 대학생 시절 이후로 기업별 'SWOT 분석'이라는 것은 해보았지만, 나 스스로에 대한 장단점을 분석해보는 시간은 정말 오랜만이었다. 막상 나의 장점을 떠올리려 하니 처음엔 머쓱했지만, 나름대로 특징을 잡아낼 수 있었다.

내가 생각한 나만의 강점은 이렇다. 나는 다른 강사들에 비해 학생들과 부드럽게 소통한다. 지금의 여자 친구에게 고백하던 때에도 이러한 방법이 도움이 됐다. 이성에게 고백하는데 "너 나랑 안 사귀면 큰일 날 줄 알아!"라고 이야기할 수 있을까? 이것은 협박이다. 협박으로 얻어낼 수 있는 것은 의외로 별로 없다. 내가 생각해도 나는 논리적이면서 동시에 감성을 담아낼 수 있는 언어들을 잘 사용했다.

초반의 원장님은 나에게 '너무 헐렁한 것 아니냐'라는 식으로 의문을 제기했지만 그렇지 않다. 나는 학생들에게 스스로 공부할 의지가 생기도록 유도한 것이다. 이것 역시 하나의 소통의 기술이었다.

또한, 나는 누구보다 센스가 넘친다고 자부한다. 센스라는 것은 언어적인 센스와 상황을 읽어내는 센스로 구분할 수 있다. 아이러니하게도 나는 수학을 가르치지만, 문과적인 성향이 강하다. 그렇다 보니 같은 수학 개념을 설명하면서도 나의 표현법은 항상 비유와 상징이 주를 이룬다. 학생들의 분위기를 읽어내는 것은 상황적인 센스이다. 흔히 우리가 '눈치'라고 표현하는 것이 이것이다. 수업을 듣는 주체는 결국 학생들이다. 이들의 표정을 분석해내는 능력은 아무리 봐도 나를 넘어설 강사가 없다. 그들의 표정과 분위기는 여러 가지 '시스템'을 운영할지에 대한 지표가 된다.

이렇게 최고의 강사들을 토대로 나만의 장점들을 결합하자 최상의 수업이 만들어져갔다. 지금 내가 진행하는 수업의 시스템은 '나만의 기술'로 체화한 것이므로, 더 이상 이미테이션이 아니다. 학생들에게 동기부여를 할 때도 온전히 '나의 이야기'를 담는다. 누구의 이야기를 전달하는 것이 아니기에 학생들이 더욱 귀를 기울여 준 것은 당연한 일이다.

벤치마킹과 이미테이션은 다르다. 당신이 최고의 강사가 되기 위해 일등을 분석하는 것은 아주 칭찬 받을 일이다. 하지만 타인의 강의를 모방하는 것은 스스로 경계해야 한다. '제2의 누군가'는 절대 '제1의 누군가'를 넘어설 수 없다.

당신의 내면에는 이미 당신 스스로의 고유한 가치가 있다. 당신만의 경쟁력이 무엇인지 펜을 들고 하나둘씩 적어보자. 거창하지 않아도 좋다. 아주 사소한 것일지라도 당신에게만 있는 그것이 당신을 '제1의 당신'으로 만들어 줄 것이다.

제3장

억대 수입 강사의
실전 수업 노하우

The **Number one** math
instructor makes a sharp
difference

01 아날로그 감성으로 승부하라

강사 일을 시작하고 얼마 되지 않아서의 일이다. 수업시간마다 꾸벅꾸벅 졸던 K라는 여학생이 있었다. 다른 학생들 같은 경우엔 조는 상황에서 몇 번 주의를 시키면 대부분 일어나게 마련이다. 하지만 K 학생은 자존심이 매우 강한 학생이었다. 집중해서 듣자고 주의를 시키면 나를 비웃기라도 하듯이 다시 꾸벅꾸벅 졸기 시작했다. 평정심을 잃은 나는 결국 폭발하고 말았다. "제발 정신 좀 차리고 수업 들어!" 그러자 설상가상으로 학생이 대꾸했다. "아 제가 알아서 한다고요!" 기가 찰 노릇이었다. 내가 학생이던 시절이라면 상상도 못했을 일이었다. 하지만 체벌이 금지되고 학생의 인권이 높아진 요즘은 종종 발생하는 일이 되어버렸다. 그러나 사회 분위기를 떠나서 그러한 학생 한 명을 통제하지 못했다는 생각에 자존심이 상했다.

나 스스로 화가 나기도 했다. '난 선생이고 넌 학생이야.'라던 어느 영화의 유치한 대사가 턱밑까지 차올랐다.

무엇이 문제일까 곰곰이 생각해봤다. 강압적으로 학습을 지시하는 것은 한계가 있었다. 소위 말하는 '때려서 시키는 시대'가 지난 것이다. 군대식으로 '갈궈'봤자 어차피 그때뿐이었다. '갈구는 방식'은 오히려 다른 학생들에게 무거운 수업 분위기를 전달한다. 악효과가 나는 것이다. 소리쳐서 혼을 내게 되면 다른 학생들도 괜스레 위축되고 만다. 자신도 혼나게 될까 봐 슬금슬금 눈치를 보게 되는 것이다. 이것은 내가 원하던 방향이 아니었다. 나는 접근을 달리하기로 했다.

나는 수학 숙제를 반드시 노트에 풀도록 지시한다. 숙제로 내준 문제들을 반드시 노트에 적게 한다. 이 노트들은 수업이 시작됨과 동시에 걷는다. 학생들이 노트에 풀이한 과정들을 토대로 학생들의 학습 상황을 체크하는 것이다. 이러한 과정을 통해 숙제를 제대로 해왔는지, 답만 베끼지는 않았는지 확인할 수 있다. 그리고 숙제의 마지막 부분에는 학생들을 위한 응원의 메시지를 남겨준다. '정훈아, 요즘 정말 열심히 하는구나, 너는 정말 성공할 거야 파이팅!' 식으로 말이다. 이렇게 숙제 노트에 코멘트를 단 이유는 한 가지다. 학생들 마음의 문을 열기 위해서였다.

위에서 언급한 K 학생이 속한 반의 수업을 하던 날이었다. 수업과 동시에 숙제 노트를 걷었다. 하지만 이 학생은 움직이지 않았다. 숙제를 해오지 않았으니 당연히 낼 노트도 없었던 것이다. 하지만 나는 "숙제를 했든 안 했든 일단 내라."라고 지시했다. K 학생은 결국 슬금슬금 눈치를 보며 백지상태의 노트를 제출했다.

수업이 끝나고 수북이 쌓인 노트들을 들고 카페로 향했다. 그리고는 학생들의 숙제 노트를 검사하기 시작했다. 모르는 문제에 대한 첨삭 작업도 진행했다. 하지만 그보다, 숙제의 끝에 코멘트를 작성하는 데 중점을 뒀다. 학생들이 내 마음을 알아주기를 바라는 마음으로 정말 절박하게 적었다. 얼마나 간절하고 절박하게 적었는지 숙제검사의 코멘트가 마치 연애편지처럼 보일 정도였다. 그렇게 숙제검사를 마치고 다음 날이었다. K 학생이 속한 반의 수업이 시작되었다. 나는 첨삭한 노트를 학생들에게 돌려주고 잠시 반응을 살폈다. 그러자 반응이 재미있었다. 도도하게 앉아있던 K 학생도 누가 볼세라 노트를 빼꼼히 살펴보는 것이 아닌가. 그리고는 피식하고 웃음을 터뜨리는 것이었다. 그 도도하고 차가웠던 K 학생이 미소를 짓자 왠지 모를 희열이 느껴졌다. 하긴 자신의 노트에 반 페이지가 넘도록 강사의 손편지가 적혀있었으니 내가 생각해도 신기했을 것 같다.

그 코멘트의 효과는 말 그대로 '대박'이었다. K 학생을 비롯한 나의 코멘트를 읽은 학생들의 수업 분위기가 달라진 것이다. 멍한 표정을 짓던 학생들도 나의 문제 풀이에 집중하기 시작했다. 심지어 꾸벅꾸벅 졸기만 하던 K 학생은 두 눈을 동그랗게 뜨고 나의 수업에 집중하고 있었다. K 학생이 눈에서 레이저를 내뿜을 듯이 집중하자 보람이 이루 말할 수 없이 느껴졌다. 나의 아날로그 접근법이 통했다는 희열이 들었다.

나의 '손편지 전략'이 학생들에게 썩 재미있던 모양이었다. 몇몇 학생은 내가 남겨주는 코멘트에 답 글을 달기도 했다. 숙제 노트가 하나의 '소통 공간'으로 발전한 것이다. 학생들과의 벽이 허물어지니, 자연스레 수업시간에도 흥이 넘쳤다. 학생들이 수업시간이든 숙제든 더 열심히 하게 된 것이다. 한 학생은 학원에 도착하자마자 자랑스럽게 "선생님 저 숙제 다 해왔어요!"라며 숙제부터 제출하기도 했다.

학생들이 수학을 좋아하게 만드는 방법은 아주 쉽다. 바로 학생들이 강사를 좋아하게 만드는 것이다. 강사를 좋아하게 만들기 위해서는 결국 관심이 필요하다. 학생 스스로 관심을 기울여주는 강사를 학생들이 싫어할 리 없는 것이다. 관심은 결국 강사와 그 과목을 좋아하도록 이끌어준다. 나는 이 점을 파고들기로 했다.

중간고사 시험 기간이 한창이던 어느 날이었다. 나는 Y 학생의 보강을 진행하고 있었다. Y 학생은 일요일 아침부터 나에게 불려 나와 교과서를 풀고 있었다. Y 학생은 다소 수학의 기초가 약한 편이었다. 그래서 교과서를 아침부터 붙잡고 풀었지만, 도무지 진도가 나가지 않았다. 하지만 Y 학생은 나와의 소통이 많이 된 상태라 군소리 없이 따라와 주었다. 기특했다. 점심시간을 훌쩍 넘기고도 Y 학생은 교과서와 씨름하고 있었다. 식사도 거르고 공부에 열중하는 모습이 애처로워 보였다. 결국, 나의 점심으로 제공된 김밥 한 줄을 Y 학생에게 건넸다. 그러자 Y 학생은 처음에는 괜찮다며 사양했다. 하지만 배가 고팠는지, 이내 받아들었다. 그러고는 해가 질 때까지 나와 공부를 지속했다.

분명 Y 학생은 너무나 힘이 들었을 것이다. 어려운 수학 공부를 아침부터 저녁까지 했으니 얼마나 힘들었을까. 게다가 식사도 제대로 못 챙겼으니 말이다. 이 학생을 강압적인 통제로만 다스렸다면 어떻게 되었을까? 아마 학생은 중도 포기했을지 모른다. 무언가를 얻는 데 필요한 것은 통제가 아니라, 그 사람의 마음이다. 내가 건넨 것은 김밥 한 줄이었지만 전달 된 것은 나의 마음이었다.

학생들을 진정으로 변화시키고 싶다면 아날로그 감성을 가져야 한다. 누군가를 변화시키기 위해서는 특별한 기술이 필요한 것이 아니다. 오히려 자잘한 기법보다 강사의 응원 한마디가 더 큰 힘이 된다. 싫어하는 사람의 말은 아무리 논리적이어도 듣고 싶지 않기 마련이다. 반면에 나를 좋아해 주는 사람에게는 말의 내용이 어떻든 보답하고 싶은 것이 사람의 심리이다.

학생들에게 조금이라도 칭찬할 거리가 있다면 무조건 적어보자. 열심히 해줘서 고맙고 포기하지 않아서 자랑스럽다고 적어보자. 유치해 보이는가? 수학 강사가 그럴 시간에 문제를 하나 더 풀어 주는 게 낫지 않느냐고 생각할지 모른다. 그럴지도 모르겠다. 당신이 학생들의 감성을 읽지 않고 단순히 수학만 가르치는 강사라면 말이다. 하지만 기억해야 한다. 일등 수학 강사는 절대 수학만 잘 가르치는 사람이 아니다. 학습은 물론 인생 전반에 대한 코치의 역할을 하는 사람이다. 그러는 데 필요한 것은 단 한 가지이다. 학생들이 당신을 전적으로 믿고 신뢰해야 한다는 것이다. 어쩌면 당신에게 필요한 것은 수학적인 이성이 아니라, 따뜻한 감성일지 모른다.

02 티칭이 아닌 코칭을 하라

내가 고등학생이던 시절, 소위 일타 강사라 불리는 학원 강사들은 정말 어마어마했다. 그들은 강의실에 수백 명의 학생을 앉혀놓고 강의를 했다. 노량진 학원가가 대표적이다. 수강료도 매우 싼 편이었기에 나 역시 방학이 되면 그들의 강의를 들으러 서울행 버스를 타기도 했다. 강의 내용은 정말 좋았다. 학교 선생님들께는 죄송한 말씀이지만, 학교 수업과는 질적으로 달랐다. 그렇게 콩나물시루와 같은 강의실에 수백 명의 학생과 나란히 앉아 수업을 들었다. 그러나 그렇게 수업이 종료되면 그걸로 끝이었다. 어떠한 질문을 한다든지 학습의 방향에 대한 자문을 구할수도 없었다. 정말 멋진 서울의 유명 강사들은 나에게 롤모델일뿐 어떠한 소통도 할 수 없었다. 나는 그렇게 멋지지만 아쉬움 가득한 수업을 듣고 발길을 돌려야 했다.

어찌되었든, 나는 일타 강사의 수업을 듣고 기세등등했다. 그들의 수업을 들었으니 나의 성적 역시 일등이 될 것이라 착각한 것이다. 그러나 모의고사를 본 후 나의 성적은 충격적이었다. 강의를 들을 때는 정말 신세계였지만 문제를 풀 때의 상황은 너무도 달랐다. 배운 내용을 하나도 적용하지 못한 것이다. '왜 시험만 보면 이 모양일까'라는 생각이 들기도 했다. 해답은 간단했다. 복습을 하지 않았기 때문이다. 나의 공부법에 문제가 있었던 것이었다. 일타 강사들의 강의는 흡입력만큼은 최고였다. 하지만 내가 그들의 강의에 흡입되었다고 해서 나의 성적 역시 올라주는 것은 아니었다. 이것을 성적으로 만들어내는 것은 별개의 문제였다.

나는 강사 생활 초반 이러한 부분을 간과했다. 스스로 최고의 수업을 진행한다고 자부했다. 하지만 학생들의 일일 테스트 점수는 대부분 형편없었다. 정말 믿지 못할 성적대를 보여주는 학생도 있었다. 이렇게 공들여서 가르쳤는데 말도 안 되는 시험지를 가져오면 화가 나기도 했다. 채점할 때마다 고개를 푹 숙이며 미안한 척이라도 하는 학생들은 그나마 양반이었다. 망한 시험지를 들고도 너무나도 당당한 태도를 보이는 학생들은 조금 어이가 없기도 했다.

학생들의 성적이 오르지 않은 가장 중요한 요소는 단 한 가지다. 그들이 주도적으로 복습을 하지 않기 때문이다. 하지만 나 역시 강사로서 간과한 점이 있다. '학생들은 기본적으로 복습을 챙겨하지 않는다'라는 것이다. 그러므로 굳이 학원에 와서 공부하는 것이 아니겠는가? 나는 문제의 원인을 나에게서 찾기로 했다.

나는 내가 간과했던 부분을 개선하기로 했다. 대부분의 일타강사들은 강의에만 치중한다. 그렇게 강의에 치중하면 대부분 수업을 준비한 만큼 질 좋은 강의를 만들어 낼 수 있다. 내가 들었던 것처럼 몰입도가 높은 강의를 만들어 내는 것이다. 하지만 내가 학창시절에 경험했듯이 강의의 몰입도는 성적 자체로 이어지지 않는다. 성적을 올리는 것은 강사의 강의가 아닌 스스로의 복습이 중요하기 때문이다. 아무리 강사가 혼자서 강의를 잘하더라도 학생이 받아들이지 못하면 그 수업은 죽은 수업이 된다. 이전의 나는 무조건 문제를 풀어 오라고 학생들에게 강압했다. 그리고 제대로 숙제를 해오지 않는 학생들을 다그쳤다. 나의 수업에는 문제가 없었다고 느꼈기에 내용을 제대로 받아들이지 못하거나 복습을 하지 않는 학생들이 이해가 가지 않았다.

하지만 성적이 나오지 않는 학생을 탓해봐야 아무 소용이 없었다. 티칭에만 치중하는 강사는 학생의 공부 습관이나 생활 전반을 관리할 수 없기 때문이다. 결국, 내가 집중해야 할 것은 학생들이 공부하는 과정 전체를 관리하는 것이었다. 나는 훌륭한 티처뿐 아니라 코치가 되어야 했다.

어떻게 하면 '티칭'을 넘어서 '코칭'을 할 수 있을지에 대한 고민을 시작했다. 내가 내린 결론은 이렇다. 티칭과 다르게 코칭은 학습자의 상태를 분석하는 과정이 필수적이다. 티칭이 강사의 입장에서 수업을 구성하는 것이라면, 코칭은 그 반대였다. 강사가 아닌 철저히 학습자의 입장에서 관점을 공유하는 것이다. 이를테면 학생들에게 "무조건 공부해"라고 이야기 하는 것이 티칭의 입장이라면, 코칭은 학생들이 공부할 시간이 확보되는지부터 확인해주는 것이라 할 수 있다. 결국, 코칭은 학습자와의 소통을 통해 만들어나가는 과정으로 봐야 한다.

이렇게 코칭을 한 결과 긍정적인 면이 많았다. 우선 수업에서 '낙오자'가 생기지 않았다는 것이 장점이었다. 주로 하위권 학생일수록 일방향적인 수업을 따라가기 힘들어한다. 하지만 학생들의 학습 단계를 파악하고, 그들에게 맞는 학습량만 제시해주면 낙오자는 생기지 않는다. 예를 들면 이차방정식의 수업을 나갈 때도 이를 제대로 따라하지 못하는 학생이 있을 수 있다. 이러한 학생에게는 수업을 그대로 따라오게 하기 보다는 별도의 프린트물을 주어, 수업을 들을 수 있는 기초체력을 만들어줘야 한다. 이를테면 이차방정식의 전 단계인 인수분해부터 따로 학습시키는 것이다. 모든 학생이 같은 내용을 같은 수준으로 받아들이는 것은 어쩌면 불가능하다. 이러한 세밀한 부분까지 체크하는 것이 코치의 자세다.

상위권 역시 마찬가지이다. 상위권의 입장에서는 다수를 대상으로 한 수업의 내용이 너무 쉽거나 가볍게 느껴질 수도 있다. 그러한 경우를 대비하기 위해 성취도가 높은 학생에 대해서는 추가 과제를 제출해줘야 한다. 앞서나가는 학습자들에 대해서도 더욱 빠른 길을 안내하는 것이다.

나의 반 학생 중에는 매일 숙제를 해오지 않던 J라는 학생이 있었다. 초반에는 무슨 일이

있었겠거니 싶었지만, 이 친구는 정말 일관 되게 해오지 않았다. 상담을 통해 이야기를 나눠보자 조금 특이한 상황이었다. 고등학생이 되어 모든 학교행사에 다 불려 다니고 있었다. 게다가 학원이 끝나고 나면 태권도 학원에 간다고 했다. 무려 일주일에 5일을 간다고 했다. 도무지 J의 시간 계획을 살펴보아도 숙제를 할 시간이 나오지 않았다. J에게 일일 테스트치를 풀게 해보자 고작 20~30점대가 나왔다. 숙제를 못 하는 것을 넘어서서 이대로 가면 시험조차 망칠 것이 분명해 보였다.

나의 강압으로 '숙제를 해와라'라고 해봤자 절대 변하지 않았다. 생활 방식을 바로잡는 것부터 필요했다. 나는 J에게 태권도를 줄일 것을 제안했다. J는 처음에는 거절했다. 약간 어이가 없기도 했다. 공부할 시간도 없는데 대체 무엇을 하겠다는 건지 어안이 벙벙했다.

J는 체대에 가기 위해 태권도를 한다고 했다. 체력시험을 준비한다는 것이었다. 하지만 잘못된 생각이었다. 체력을 길러서 체대 입시에 도움을 주는 것은 좋지만 그 시간에 떨어져 가는 주요과목 성적은 어떻게 한단 말인가. 기본적인 성적조차 되지 않으면 원서조차 낼 수 없는 것이 자명했다. 나는 J에게 시험 기간인 삼 주간은 태권도를 쉬자고 제안했다. 물론 선택은 J에게 맡기기로 했다. 다만 이대로 진행될 경우에 시험에서 예상되는 점수는 어느정도인지 설명해주었다. 객관적인 수치를 통해 선택지를 제시하자 J의 표정에 잠시 고민하는 기색이 보였다. 그렇게 J는 태권도를 잠시 쉬고 공부에 전념하는 것을 택했다.

나의 제안은 정확히 맞아떨어졌다. 20~30점대에 머물던 J의 성적은 실제 시험에서 80점을 돌파하는 기염을 토해냈다. 나는 그에게 절대 공부만 할 것을 강요하지 않았다. 그저 시험 기간에 공부 이외의 행위를 하는 것이 비효율이라는 것을 설명해준 것이다. 결국, J는 옳은 선택지를 골랐고 결과는 성공적이었다. 이만큼 코칭의 힘은 놀라웠다. 좋은 선택지를 스스로 고를 수 있게 유도하는 것만으로도 학생들의 학습을 효과적으로 관리할 수 있다.

이제 티칭만으로 승부하는 시대는 저물었다. 학생들은 누구나 개인의 공부전략이 다르다. 훌륭한 티칭스킬은 강사의 강의를 멋들어지게 만든다. 하지만 티칭은 거기에서 끝이다. 그 이상의 부가가치를 창출할 수 없다. 일타 강사는 티칭을 넘어서 훌륭한 코치가 되어야 한다. 학생들에게 가르치는 것을 넘어서, 그들의 공부과정까지 관리해야 한다. 때로는 그들의 감정, 생활 습관, 친구 관계에 대한 조언을 해줄 안목도 필요하다. 일타 강사는 그만큼 종합적인 코치가 되어야 한다. 훌륭한 강사를 넘어서, 훌륭한 코치, 멘토가 되어보자. 당신은 학생들의 성적뿐 아니라 그들의 인생에 대한 롤모델이 될지 모른다. 이것이 티처와 코치의 차이이다.

03 학생별 분석노트를 만들어라

나는 〈삼국지〉를 참 좋아한다. 누구나 알고 있는 소설도 좋아하지만, 그것보다 게임으로 만들어진 〈삼국지〉를 더 좋아한다. 게임 속 군주가 되어 국가를 운영하다 보면 참 다양한 인재들을 관리하게 된다. 게임 속 캐릭터들은 다양한 능력치를 가진 인물들로 묘사되는데, 재미있는 것은 캐릭터들의 능력치가 수치화되어 점수로 표현되었다는 점이다. 무력, 지력, 정치력, 통솔력, 심지어는 매력까지 수치화되어 있었다. 모든 능력치가 다 좋을 수는 없다. '장비' 같은 장수는 무력은 매우 높지만, 지력은 매우 낮다. 실제 소설에 나오는 것처럼 장비는 제 분을 못 이겨 일을 그르친 적이 많을 정도로 머리가 좋은 편이 아니다. 장수별로 각기 잘하는 것이 모두 다른 것이다. 그래서 그들을 적재적소에 배치하고 알맞은 보직을 주어야 제대로 된 운영을 할 수 있다. 인재들의 성향이 모두 다르기 때문이다.

나는 〈삼국지〉 게임을 학생관리에도 적용할 수 있겠다는 아이디어를 얻었다. 학생들 역시 각자의 성향이 모두 다르기 때문이다. 단순히 성적부터 시작해서 학생들의 취미와 성향까지 모든 면이 다르다. 최근 성적이 70점인 두 명의 학생일지라도 천차만별의 성향을 지닌 경우가 있는 것이다. 단순히 최근 성적만으로 학생들의 상태를 결론 내리기에는 한계가 있다. 그들의 점수 이외에도 학생별 학습 습관, 성향 등 수집해야 할 데이터는 많다. 수학 문제를 풀 때 풀이 습관은 물론 어떠한 단원에 약한지, 심지어는 학부모와의 관계가 어떤지까지 강사가 알아두어야 할 정보는 많다. 그러한 정보를 일일이 수집하여 학생별 포트폴리오를 작성했다. 학생별 세부특징을 잡아내기 위해서였다. 이는 마치 삼국지의 인물들을 적재적소에 배치하는 것과 같은 원리이다.

학생들의 성적을 분석하기 전에 성향을 파악해야 한다. 말 수가 정말 많고 친구 관계가 원만한 학생이 있는가 하면 조용한 분위기를 좋아하는 학생도 있다. 학생들의 성향에 따라 지도 방법은 완벽히 달라지는 것이다. 이러한 분석이 선행되지 않으면 절대 효율적인 교습이 이루어질 수 없다.

내가 가르쳤던 학생 중 N이라는 학생은 정말 개구쟁이였다. 이 학생은 중학교 3학년이던 시절부터 나와 함께 공부했다. 재미있는 것은 N이 원래 다른 학원에 다니던 친구였다는 것이다. 그런데 N이 학원을 옮긴 이유가 재미있다. 이 친구는 전 학원에서 말 그대로 '잘린' 친구였다. 퇴원 당한 것이다. 학생의 수강료로 수입을 유지하는 학원에서 학생을 퇴원시키다니 이유가 궁금했다. 듣고보니 별다른 이유는 없었다. N이 너무 떠들고 시끄러워 수업에 방해가 되었다는 것이었다. N의 학부모 또한 나와의 상담에서 이러한 사실을 이야기했다. 사실상 반쯤 포기한 상태였다. 하지만 강사는 어떠한 학생이 되었든 절대 포기하고 갈 수는 없다. 모든 문제에는 해결책이 반드시 있게 마련이다.

N이라는 학생은 정말 활발했다. 기본적으로 친구들과 어울리는 것을 좋아했다. N은 학원에 오면 먼저 자신의 일과를 늘어놓기 시작했다. 물론 그대로 놔두면 수업시간 초반은 아주 왁자지껄하다. 떠드는 분위기로 이어질 수도 있는 것이다. 왜 학교 선생님들께 꾸지람을 들었는지 어느 정도는 이해가 됐다. 하지만 이런 학생들에게 화를 내서 분위기를 잡아봐야 역효과가 난다.

나는 분위기를 역이용하기로 했다. '떠드는 학생'을 이용하여 아이스브레이킹을 한 것이다. 학생들이 이야기하는 내용을 막지 않고 오히려 들어주니 일종의 상담 효과까지 누릴 수 있었다. 그렇게 오분 정도의 시간을 투자하여 일부러 이야기를 쏟아내게 하면 오히려 수업시간은 학생들을 집중시키기에 좋았다. 오히려 딱딱한 수업 분위기를 부드럽게 전환할 수 있었기 때문이다. 학생 개인에 대한 분석이 없었다면 불가능했을 일이다.

　반면 정말 말이 없이 조용한 친구들도 있었다. P라는 학생은 정말 무심해서 마치 묵언 수행을 하는 스님의 느낌이 들었다. 무슨 이야기를 해도 무표정으로 일관하기에 수업하는 입장에서 가끔 오해한 적도 있다. 아무런 피드백을 받지 못했기 때문이다. 하지만 이러한 학생들에게 필요한 것은 시간과 관심이다. 학생에게 급히 공감대를 얻어내려 하면 역효과가 나기 때문이다.

　나는 P의 그러한 성향을 파악하자 한결 마음이 편안해졌다. P에게는 학생이 대답하든지 말든지 나의 이야기를 풀어나갔다. 문제를 설명하면서도 P가 웃을 수 있는 재미있는 이야기도 함께 풀어나갔다. 일부러 P의 학교생활에 대한 소재를 중심으로 이야기를 해나가기도 했다. P는 가끔 미소로 나에게 대답할 뿐 대답은 정말 없는 친구였다. 하지만 재미있었던 점은 이 학생이 카카오톡이나 문자로는 나와 재미있게 소통했다는 점이다. 강의실에서 반응이 없었을 뿐 문자를 통해서는 누구보다 나의 말에 호응을 잘해주는 학생이었다. 모든 학생이 반드시 강의실에서 나의 말에 적극적으로 귀를 기울여줄 것이란 기대를 버려야 한다. 굳이 강의실 안이 아니더라도 다양한 방식으로 학생들의 마음을 열 방법은 많다. 어떠한 학생이든 공통적으로 필요한 것은 사소하고 지속적인 관심이다. 절대 조급하게 생각할 이유가 없다.

  학생들의 성적대에 따라서도 지도 방식은 달라진다. 고등부 수업은 주로 판서를 통해 개념수업을 진행한다. 하지만 시험 기간에는 판서 수업을 최소화했다. 학생별로 내용을 받아들이는 속도가 다르기 때문이다. 상위권 학생들은 만점을 위한 심화 문제를 대비하는가 하면, 기본문제도 버거워하는 하위권 학생들이 있게 마련이다. 이러한 학생들에게 일괄적으로 시험대비를 진행하는 것은 매우 비효율적이다. 시험 기간에는 학생별로 교재를 달리해 주는 작업이 필요한 것이다. 만약 시간이 여의치 못해 같은 교재를 사용하게 된다면 하위권 학생에게는 풀지 않아도 되는 문제를 선별해주어야 한다. 이는 학생별 분석이 선행되지 않으면 불가능한 일이다.

  학생들을 분석하다보니 대부분은 경쟁심에 의해 움직인다는 것을 깨닫게 되었다. 혼자서는 숙제를 하지 않던 학생들이 모아놓고 경쟁을 시키다 보면 숙제를 해왔다는 것이다. 모두가 숙제 노트를 제출하는데 혼자 제출하지 않을 때의 부담감이 있기 때문이다. 나쁘게 표현하면 군중심리이지만 긍정적으로 바라보면 경쟁심리이다. 각자에게 자극을 받고 더욱 분발할 수 있도록 격려하는 것이다. 앞서나가는 학생에게는 엄청난 보상이 있다는 것을 알려주는 것도 좋다.

숙제를 통한 시상내역 공개라든지 SNS를 통해 공개 칭찬을 하는 것도 좋다. 이 모든 것은 학생들의 행동 패턴을 분석하였기에 가능한 일이었다.

똑같은 학생들은 그 어디에도 없다. 학생들은 모두 개인별 성향이 다르고 생활 습관도 다르다. 각자의 점수대에 따라 목표 점수도 당연히 다르다. 그렇기에 모두에게 일괄적인 공부는 독이 될 수밖에 없다. 강사들은 학생별로 분석 노트를 만들어 각자에게 맞는 공부전략을 제시해야 한다. 강사가 학생을 분석하는 만큼 학생들의 공부량은 줄어들게 마련이다.

04 최대한 단순하게
전달하라

요즘 '미니멀리즘'이 유행이다. 필요한 것만 남기고 그 외의 것은 모두 정리하는 것을 의미한다. 대부분 사람이 방을 정리하며 미니멀리즘의 필요성을 느끼곤 한다. 구입할 때만 해도 필요할 것 같았던 물건들이 방을 정리할 때는 대부분 잡동사니가 되어버린다. '정말 쓸데없는 것들이 많았구나'하고 느끼게 되는 것이다.

그러나 나는 공부만큼은 미니멀리즘이 통하지 않는다고 생각한다. 많은 내용을 자세하게 익힐수록 좋다고 생각하기 때문이다. 이 생각은 지금도 변하지 않았다. 하지만 공부는 시간과의 싸움이 아니던가. 학생들에게 강의할 때 중요한 것은 '효율성'이었다. 다다익선은 좋지만 효율적이지 못했다. 강의시간이 무제한으로 있는 것은 아니기 때문이다. 나는 학생들을 효율적으로 가르쳐야 했다.

나는 강사 생활 초반, 항상 인터넷 강의를 분석했다. 유명 강사들의 강의를 분석하며 나의 스타일을 구축한 것이다. 강사별로 특색은 다양했다. 나는 그 중 아주 개념적이고 자세한 강의를 찾았다. 그 강사의 스타일은 철저히 상위권을 타겟팅했다. 심오하면서도 본질적인 내용을 다루어주었다. 모든 개념이 유기적으로 연결되었다는 것을 보여주었기에 정말 만족스러웠다. 학생들에게 자세하고 깊은 내용을 가르쳐야 한다는 신념 때문이었다.

그렇게 야심 차게 수업을 준비했다. 나는 수업을 준비하면서 스스로 만족스러웠다. 나의 강의보다 더 깊고 심화 된 수업은 없을 것으로 생각할 정도였다. 이제 학생들이 받아들이기만 하면 될 것으로 생각했다. 그렇게 준비한 나의 개념설명 시간은 어림잡아 40~50분 정도였다. 고등학교 수업시간이 대략 50분이니 그 정도의 시간 동안 학생들이 집중하는 것은 충분할 것으로 생각했다. 그래서 나는 항상 그 시간을 고수했다.

이제 학생들이 존경에 가득 찬 눈빛으로 나를 바라보길 기대했다. 어찌 생각해보면 당연하지 않은가. 아주 많은 내용을 자세히 가르쳤으니 말이다. 학생들도 그렇게 받아들일 것으로 생각한 것이다.

그러나 나의 '일리 있는 착각'은 얼마가 되지 않아 철저히 무너졌다. 달리 말하면 아주 구시대적인 발상이었다. 나의 심도 있는 개념 설명에 학생들을 이른바 '멘붕' 상태가 되었다. 학생들은 나를 멀뚱

멀뚱 쳐다보기도 했다. 개념설명을 진행하는 시간도 문제가 되었다. 40~50분씩 개념을 길게 설명하다가 학생들이 제대로 이해했는지 막판에 확인해보았다. 그러면 아예 시작 부분부터 이해하지 못한 학생들도 많았다. 개념설명의 첫 부분조차 따라오지 못한 것이다.

'왜 이해가 되지 않으면서 질문을 하지 않은 거지?'라고 반문할 수도 있다. 나도 그랬다. 이해하지 못했으면서 눈만 멀뚱히 뜨고 있는 학생들이 원망스러웠다. 하지만 학생들은 기본적으로 질문을 하는 것을 좋아하지 않는다. 문제는 질문하지 않는다고 모든 내용을 다 이해한 것은 아니라는 것이다. 흐름을 놓친 아이들은 그저 떠나가는 버스를 바라보듯 나를 쳐다보고 있었다. 이것은 학생들을 탓할 일은 아니었다. 질문에 대한 부담감을 나도 알고 있기 때문이다.

수학을 얼마나 본질에서 심도 있게 가르치는지는 중요하지 않았다. '어려울수록 좋다.'라고 생각한 나의 발상이 틀린 것이다. 어차피 '빡세게' 가르쳐도 학생들은 제대로 받아들이지 못했기 때문이다. 물론 한두 명의 상위권 학생들은 심화된 내용에 즐거워했지만, 그들을 위해서만 수업을 구성할 수는 없었다. 아주 어려운 내용으로만 수업을 구성한다면 차라리 수학과 교수의 수업을 듣게 하는 것이 낫지 않겠는가. 중요한 것은 대다수 학생이 만족할 수 있는 수업을 구성하는 것이었다.

아주 어려운 내용을 설명하면서, '왜 이해하지 못하는지.' 다그치는 것은 의미가 없다. 그것은 마치 치아가 없는 어린아이에게 질긴 고기반찬을 내어놓는 것과 같기 때문이다. 왜 씹지 못하는지 다그쳐 봤자 문제는 해결되지 않는다. 결국, 내 강의에 필요한 것은 학생들이 받아들일 수 있는 말랑말랑한 '대중성'이었다. 맛있는 음식을 차리는 것도 중요하지만 어떻게 잘 소화할지가 더 중요했다.

나는 수업의 방향성을 완전히 바꾸기로 했다. 아주 체계적으로 이론을 정리하던 방식에서 벗어나기로 했다. 개념설명은 최소화하고 실전에 써먹을 방법 위주로 바꾼 것이다. 이렇게 개념설명을 간결하게 정리하자 긍정적인 효과가 컸다. 긴 개념설명 시간 동안 눈만 끔뻑거리던 학생들이 사라졌다는 것이다. 그도 그럴 수밖에 없는 것이, 빠르게 개념을 설명한 후 남는 시간은 학생들이 스스로 문제를 풀어야 할 시간이었으니 학생들이 '딴짓'을 할 틈이 없던 것이다. 모든 개념설명이 길어야 할 이유는 없다. 필요한 핵심만 설명해도 학생들은 문제를 풀 수 있다. 오히려 학생들이 문제를 푸는 과정을 분석하여 피드백하는 과정이 더욱 도움이 된다. 문제를 풀게 한 후 학생들이 제대로 푸는지 '라운딩'하는 과정을 거치면 딴짓하는 학생들은 기하급수적으로 줄어들게 된다.

학생들을 과대평가하는 순간 수업은 힘들어진다. 어려운 개념이

나 내용을 교과서에 적힌 그대로 전달하는 순간 학생들은 받아들이기 힘들기 때문이다. 오히려 학생들은 해당 내용을 아무것도 모른다는 전제하에 수업을 진행하는 것이 좋다. 그렇게 해야 편견 없이 아주 개념적인 설명을 할 수 있다. 나의 초반 강의 준비는 이러한 부분이 부족했다. '학생들이 이 정도는 알고 있겠지.'라는 느낌으로 수업을 했기 때문이다. 결과적으로 독이 되었다. 고등학교 2학년 내용을 나가면서도 가끔 중학교 수학을 모르는 학생들이 태반이었다. 미적분 수업을 나가다가 중학생 때 배운 닮음비를 몰라, 문제를 못 푸는 것이다.

교육 과정상으로는 말이 안 되는 이야기지만, 이런 경우가 태반이다. 하지만 입장을 바꿔 생각해보자. 우리 학생들이 교육과정을 체계적으로 잘 밟아왔다면 나의 강의를 굳이 들을 이유도 없지 않겠는가. 그들의 학습 결점을 메워주는 것도 강사로서 해야 할 일이다. '초등학생 혹은 유치원생도 내 수업을 이해할 수 있어야 한다.'라는 마음가짐으로 수업을 준비하면 수업의 질은 급속도로 성장한다. 딱딱한 교과서의 용어보다는 때에 따라서는 '네모와 세모'를 이용하여 수업을 진행할때도 있었다. 이렇게 눈높이를 낮추는 순간, 학생들은 수업을 어렵게 여기지 않는다.

나와 같은 학원에서 근무하던 다른 강사는 항상 한숨을 쉬곤 했다. 나와 같은 고2 하위권 반을 맡았는데 학생들의 수준이 정말 낮은 편이었기 때문이다. 그는 학생들에게 아무리 설명해도 도무지 이해할 기미를 보이지 않는다고 한탄했다. 그는 수학과를 나온 엘리트 출신의 강사였다. 수학에 대한 자부심이 누구보다 높았다. 그는 어려운 수학 문제들을 푸는 것을 즐겼다. 정말 수학 자체를 좋아하는 사람이었다. 그런 그가 기본문제도 여러 차례 풀지 못하는 학생들을 보았으니 천불이 났을 것이다. 나는 그 강사의 한숨 섞인 이야기를 들으며 내 생각을 말해줬다.

"강사님, 학생들을 너무 과대평가하지 마세요. 고등학생이지만 중학교 내용도 정리가 안된 학생들이라고 가정하고 가르치셔야 해요."

결국, 그 반의 학생들과 우리 반의 학생들은 시험 성적에서 결과가 갈렸다. 두 반의 학생들은 비슷한 성적대에서 출발한 학생들이었다. 모두 50~60점대였다. 우리 반 학생들은 겨울 방학이 지나고 첫 중간고사에서 80~90점대를 맞았지만, 그 반의 학생들은 유지되거나 오히려 하락했다. 당연한 결과였다. 학생들에게 소화되지 않는 수업은 죽은 수업이나 마찬가지이다.

나는 이미 많은 중하위권을 상위권으로 도약시켜왔다. 하위권 학생들도 단기간에 중상위권이 되도록 만든 것이다. 점수가 아주 낮은 학생들은 자신의 이전 점수보다 두 세배의 점수를 맞기도 하니 그야말로 '점수 폭등'이 따로 없다. 이러한 비결은 원리만 알면 매우 쉬운 일이다.

일등 강사라고 일등으로 어려운 내용만 설명하는 것이 아니다. 실상은 정반대이다. 오히려 아주 어려운 개념일수록 간단하고 단순하게 설명해야 한다. 그것이 바로 일등 강사의 자질이다. 강사 혼자만 수학을 잘하면 수업은 어려워지게 마련이다. 최대한 단순하고 간결하게 수업을 구성해보자. 중요한 것은 학생들이 당신의 수업을 어떻게 받아들이느냐이다.

05 몸의 언어로 강의하라

나는 최근 재미있는 운동에 빠졌다. 바로 '주짓수'라는 운동이다. '주짓수'는 우리가 흔히 아는 '유도'와 비슷한 운동으로, 도복을 입은 상대방과 여러 가지 기술 대결을 펼치는 운동이다. 나는 선천적으로 운동신경이 좋은 편이 아니라 지금도 주짓수를 잘하지는 못한다. 겨루기를 한판 하고 나면 마치 인간 빗자루가 된 듯이 도장 바닥에 쓸려 다닌다. 내가 아무리 배운 대로 한다고 한들 이미 실력이 출중한 상대를 제압하기엔 아직 역부족이다.

하지만 내가 주짓수를 좋아하는 것은 이 운동 자체가 좋아서는 아니다. 바로 운동을 하면 느껴지는 묘한 희열이 있기 때문이다. 묘한 희열은 언제나 운동이 끝나고 나서 느껴진다. 겨루기 당시에는 도복의 멱살을 붙잡힌 채 빗자루처럼 쓸려 다니지만, 끝나고 난 이후에는 굉장히 상쾌해진다. 나를 빗자루처럼 다뤘던 상대방에게 끈끈한 애정이 느껴지기도 한다. 재미있는 것은 이렇게 격렬한 운동을 하고 나면 강의 준비가 더 잘되었다는 것이다. 학문적인 내용과는 전혀 상관없는 운동인데도 말이다.

언뜻 보면 격렬한 운동을 하는 것은 공부를 하거나 수업을 하는 데 아무런 도움이 안 될 것 같지만 그렇지 않다. 운동을 하면 BDNF(두뇌 신경 촉진인자)를 증진해 학습력이 높아진다는 연구결과도 있다. 간단히 말해서 운동만 해도 머리가 좋아진다는 것이다. 이러한 연구결과를 차치하고서라도 나는 이미 체험적으로 느꼈다. 주짓수와 같은 운동을 한 이후는 분명히 집중이 더 잘되고 밝은 기운을 유지할 수 있었다.

이러한 원리를 알게 된 후 나의 생활방식은 바뀌었다. 무언가에 집중하다가 한계에 다다를 때마다 몸을 움직이기 시작한 것이다. 수업 준비를 하거나 글을 쓰면서도 마찬가지였다. 굳은 머리를 풀어낼 수 있는 것은 몸을 움직이는 것 외에는 없다. 그렇다고 위에서 언급한 것처럼 갑자기 도복을 입고 주짓수를 할 수는 없는 노릇이다. 가볍게 스트레칭을 하거나 주변을 산책하는 것만으로도 새로운 영감을 얻어낼 수 있다. 두뇌에 충분한 휴식을 주는 것이다. 그렇게 단 몇 분만 몸을 움직여도 풀릴 것 같지 않던 수학 문제가 풀리고 생각나지 않던 글감이 떠오르곤 한다.

하지만, 학생들은 대부분 안타까운 생활 패턴에 놓여있다. 특히 주말이 더 심하다. 많은 학생이 밤늦게 잠에 들어, 오전에 이른 시간부터 학원에 오곤 한다. 그런 상황에서 집중하기란 사실 쉬운 일이 아니다. 조는 학생들을 억지로 깨우기는 하지만 일시적인 해결책에 불과하다. 오전 수업은 집중하기 어려운 것이 사실이다. 학생들과 입장을 바꾸어 생각해봐도 그렇다. 아침부터 학원에 나와 수학 수업을 듣고 있으니 썩 유쾌한 상황은 아니다.

나는 이러한 나의 '운동 기운'을 학생들에게도 느끼게 하고 싶었다. 수업을 듣는 학생들에게 내가 느꼈던 '효율성'을 전달해주고 싶었다. '몸을 움직이는 행위'는 결국 두뇌의 활동을 돕는 행위이다. 공부 이외의 다른 일을 하는 것 같지만 결국에는 공부에 도움을 주는 긍정적인 행위이다.

학원에 오는 학생들은 주로 축 처져 있는 경우가 대부분이다. 밝은 얼굴로 신나게 등원하면 좋겠지만 이것은 강사의 과욕에 불과하다. 기본적으로 공부하는 것을 좋아하는 아이들이 아니니 당연한 일이다. 오히려 학원에 제시간에 와주는 것만으로도 감사해야 할 상황이 많을 정도이다.

하지만 오히려 이렇게 축 처진 학생들은 나의 '마루타'가 된다. 마루타라고 하여 못된 실험을 의미하는 것이 아니다. 내가 이야기한 학습 효율을 높이기 위한 대상이 된다는 의미이다.

주로 오전에 편성된 수업일수록 학생들의 의욕이 낮은 편이다. 잠이 덜깬 채로 학원에 와서 의자에만 앉아있는 경우가 많다. 이러한 경우에 다짜고짜 수업 진도부터 나가는 것은 굉장히 비효율적이다. 어차피 학생들이 듣지 않기 때문이다. 이러한 경우를 해결하기 위해 누구나 가장 쉽게 떠올리는 방법은 스트레칭이다. 그러나 대부분 참여율이 미미하고 효과가 작다.

단순히 스트레칭 정도만 시도하고 수업에 들어가는 것은 최악의 방법이다. 축 처지는 분위기에 강사까지 건조하게 수업한다면 어떻겠는가. 말 그대로 최악의 수업 분위기가 될 것이다. 우리가 흔히 말하는 '제물포' 선생님들의 수업이 대부분 그렇다. 나는 이럴 때마다 나의 온몸을 말 그대로 '불살랐다'. 내가 쓸 수 있는 기술들은 모두 사용한 것이다.

나는 수업을 진행하는 교실을 나만의 무대로 생각했다. 그랬기에 나의 공간을 내가 서 있는 칠판의 앞면만 활용하지 않았다. 말 그대로 모든 공간을 활용했다. 이렇게 모든 공간을 활용하면 장점이 있다. 학생들이 나의 움직임에 지속해서 자극을 받게 되는 것이다. 가끔 꾸벅꾸벅 졸던 학생도 '잘 분위기'를 얻지 못하는 것이다. 계속 움직이는 강사가 있기 때문이다. 특히나 남학생의 경우는 스킨십이 자유로우니 더욱 강력한 자극을 줄 수 있다. 강력한 자극이란 짧은 시간 동안 이루어지는 목과 어깨의 안마 등을 뜻한다. 물론 남자 강사라면 여학생들에게는 절대 써서는 안 되는 방법이니 조심해야 한다.

어찌되었든 그만큼 나의 수업 동선은 넓다. 이는 마치 빙상장에서 피겨 연기를 펼치는 김연아 선수를 생각하면 쉬울 것 같다. 김연아 선수가 연기하며 한 위치에서만 머물러있지 않는 것과 일맥상통한다. 수업 도중 조금 더 강조해야 할 부분에서 나는 말 그대로 '방방' 뛰어다닌다. 가끔은 흔히 말하는 '분필 부수기'도 하는 것이다. 원장 선생님은 함부로 분필을 부수지 말라고 하셨지만 나는 내 사비를 들여 수백 개의 분필을 구입하였기에 신경쓰지 않았다. 이것 역시 나의 수업을 대표하는 특징이었기 때문이다. 나는 정말 몸을 제대로 쓴 강의를 펼쳤다. 원장님이 봤으면 수업은 안 하고 노는 줄로 알았을지도 모른다. 이런 수업 방식으로 인해 최소한 내 수업에서 조는 학생은 없었다. 수업시간에 학생들이 졸게 놔두는 것은 학생들을 포기하는 것과 같다.

가끔은 여러 도구를 자극제로 활용하기도 했다. 바로 마트에서 흔히 구입할 수 있는 껌을 활용한 것이다. 물론 껌의 종류가 일반 껌은 아니다. 바로 장거리 운전을 하는 운전자들의 졸음 방지를 위한 껌을 활용했다. 그리고 조는 학생들에게 이렇게 엄포를 놓는다.

"조는 사람은 졸음 방지 껌 세 개씩 먹고 찬물 마시기를 한다!"

졸음 방지 껌을 씹은 뒤에 찬물을 마시면 그야말로 입안에서는 불이 난다. 스스로 임상 시험을 해본 결과 이 상태에서는 잠을 자는 것이 오히려 깨어있는 것보다 힘든 상황이 된다. 내가 하는 말이 어찌 보면 무시무시한 협박으로 느껴질 것 같지만 사실은 아주 장난스러운 느낌으로 전달한다. 가끔 몇몇 학생들은 자진해서 졸음 방지 껌을 먹어보겠다며 덤비기도 한다. 그러고는 '켁켁'거리며 껌의 위력을 느낀다. 이렇게 도구를 활용해도 축 처진 분위기를 아주 자연스럽게 끌어 올릴 수 있다.

몸을 사용하는 것은 강의에서 아주 자연스러운 일이다. 이를 통해 뇌가 활성화되고 학생들의 집중력이 상승하기 때문이다. 오히려 전략적으로 다양한 활동들을 구상해야 한다. 당신이 일등 강사가 되길 원한다면, 절대 정적인 수업을 구성해서는 안 된다. 빙판의 모든 면을 사용했던 김연아 선수처럼 당신의 몸이 거닐 동선도 확장해야 한다. 이것 역시 당신 수업의 가치를 증가시키는 일이다.

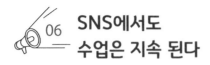

SNS에서도
수업은 지속 된다

나는 SNS를 즐겨한다. 워낙 사람들과 소통하는 것을 좋아하다
보니 학창시절부터 인터넷 커뮤니티를 즐기던 습관이 이어졌다. 일
상의 소재를 풀어나가는 것부터, 나의 의견에 대해 공감을 얻을 때
썩 재미있었다. 내가 어떻게 표현을 하느냐에 따라 사람들의 반응이
예상되기도 했다. '이렇게 글을 쓰면 사람들이 즐거워하겠지?'라고
예측하고 글을 쓸 때도 있었다. 예상한 바대로 반응이 나타나면 신
기하기도 했다. SNS에는 그렇게 사람 냄새 나는 매력이 있었다.

대학 시절에는 SNS를 통해 반짝스타가 되기도 했다. 수학 과외
경력이 많았던 덕에 고3 과외를 소개받게 된 날이었다. 시범 수업을
진행하자, 학생의 열의는 매우 불타올랐다. 나와 공부하고 싶다고

했다. 그 후 학생의 어머니에게 과외비를 말씀드리는데 어머니의 표정이 좋지 않았다. 학생의 어머니는 집안 사정상 딱 한 달만 과외비를 댈 수 있으니 봐줄 수 있느냐고 여쭈었다. 정의감에 불타올랐던 나는 끓어오르는 피를 참지 못했다. 나는 "어머님, 일 년 내내 교통비만 받고 진행할 테니 맡겨주세요."라고 말씀드리고 그 학생을 일 년 동안 지도했다.

나는 그 날 있었던 일을 페이스북에 포스팅했다. 가슴속에서 끓어오르는 무언가에 대해 퍼부어가듯 적어댔다. 그러자 다음날 나의 SNS에는 불이 나 있었다. 페이스북의 '좋아요' 수만 거의 15만 개가 눌린 것이었다. 나의 글은 이곳저곳에 공유되기 시작했다. 심지어는 KBS의 한 아나운서조차 나의 글을 보며 칭찬하곤 했다. 연락이 끊긴 지 10년이 넘은 초등학교 동창에게도 응원의 글이 오곤 했다.

물론 그때의 '교통비만 받던 과외'를 지금 다시 하라면 절대 못 할 일이다. 하지만 그때의 정의감으로 나는 학생을 교대에 입학시켰고, 반짝 SNS 스타가 되었다. 그때 SNS를 통해 받은 기억은 재미있는 추억으로 남아있다.

나는 강사 생활을 하면서도 SNS를 정말 많이 했다. 의무감에 한 적은 단 한 번도 없다. 그저 학생들과도 나의 일상을 공유하고 싶었을 뿐이다. 그렇게 학원에서 가르치는 학생들과 SNS 친구가 되어갔다. 그러고는 소위 말하는 '파도타기'를 하다 보니 우리 반 학생들뿐 아니라 우리 반 학생들의 친구들과도 소통하게 되었다. 소통하던 학생의 친구들은 나의 SNS가 썩 재미있었던 모양이다. "허갑재 선생님 반에 등록하고 싶어요."하고 학원에 오는 경우도 많았다. SNS가 일종의 '거미줄' 역할을 한 셈이다. 입소문 마케팅이란 학부모들에게 서만 존재하는 것이 아니었다.

그렇게 SNS의 '위력'을 느낀 나는 SNS를 더욱 소중히 다루게 되었다. SNS는 소통의 창이자, 마케팅 도구였던 셈이다. 나는 학원에서 시행하는 나만의 강의 방법과 시스템들에 대해 업로드 하기 시작했다. 수업 중 재미있는 판서는 사진으로 기록해두었다. 대놓고 광고를 한 것은 아니다. 열심히 공부한 학생들에 대한 시상내역을 벽에 붙이고 이것을 업로드했다. 처음에는 시큰둥했던 아이들도 SNS에 자신 혹은 친구들의 이름이 업로드되자 수업에 적극적으로 참여하기 시작했다. 사진 혹은 동영상으로 수업의 단면이 즐겁게 올라왔다. 그렇게 가끔 학생들에게 공개칭찬을 하면 학생들은 즐거워했다.

학생들은 가끔 SNS로 시험문제들을 물어보기도 했다. 요즘 학생들은 문자 메시지보다 페이스북 메시지를 주로 이용했다. 학생들의 메시지 질문에 나는 간단한 풀이 사진으로 답했다. 여건이 될 때는 동영상을 찍어 답변하기도 했다. 동영상 풀이로는 학생들에게 생생한 나의 목소리를 담을 수 있었기에 더욱 효과적이었다. "K야~ 잘

봐. 이거는 지난번에 보여줬던 거지? 그래도 공부 열심히 하네. 파이팅"하면서 쓱쓱 풀어주면 학생들의 반응이 매우 좋았다. 나는 그렇게 단순한 문제 풀이를 통해서도 학생들과 소통해나갔다. 와이파이가 보급된 요즘 시대의 인터넷 환경이 너무나도 고마웠다.

나는 학생들에게 공부 이외의 즐거움도 주고 싶었다. 공부 이외의 일상도 학생들과 공유하며 공감대를 형성하고 싶었다. 하루는 여자 친구와 속초에 가는 내용을 방송으로 담았다. 라이브 방송이었기 때문에 실시간으로 중계할 수 있었다. 속초에 가는 장면부터, 휴게소에 들러 핫도그를 먹는 장면까지 학생들과 함께했다. 셀카봉을 들고 학생들과 소통했다. 학생들은 채팅창으로 재미있다며 얼른 바다를 보여 달라고 했다. 나는 여자 친구와 함께 속초의 바다를 배경으로 학생들에게 몇 분간의 인사를 나누었다. 일부러 셀카봉을 들고 백사장을 달리기도 하고, 환하게 웃어 보이기도 했다. 방학특강으로 지친 학생들은 시원한 바다를 보며 채팅창으로 연신 웃음 표시를 보내주었다. 나는 깨달았다. 강사라는 직업은 학생들에게 그 과목만 가르치는 것이 아니라는 것을. 그 일상 속에서 학생들과 공감대를 쌓는 강사가 진짜로 학생들을 변화시킬 수 있다는 것을 느꼈다.

페이스북을 하다 보니 이외의 다른 SNS도 활용해보기로 했다.

그렇게 시작하게 된 것이 '네이버 밴드'이다. 학생들과는 페이스북을 통해 '친구' 관계를 맺으면 되지만, 학부모들과 '페친'이 되는 것은 부자연스러운 일이었다. 학부모들은 같은 SNS지만 무언가 정리된 글을 원했다. 밴드는 정리된 글을 업로드하기에 유용했다. 그렇게 밴드를 활용해 학생들의 정보를 공유했다. 학생들의 숙제 현황부터 학원 생활, 지각 및 출결 현황에 대해 업로드하기 시작했다. 학부모들은 학생들의 학원 생활에 대해 궁금해 한다. 나는 학생들에 대한 개괄적인 내용을 주기적으로 올렸기 때문에, 학부모들의 가벼운 궁금증들에 대해서는 쉽게 해결할 수 있었다. 물론 밴드만으로 상담이 해결되는 것은 아니다. 학생 개인별로 상황이 다르고 상태가 다르다. 그래서 아주 민감하거나 비밀스러운 내용에 대해서는 개별적으로 전화를 드렸다. 하지만 간단한 내용은 밴드로도 충분히 해결되었다. 또한, 내가 학생들을 관리하는 내용에 대해 학부모들에게 어필할 수 있었다. 가끔 학부모들이 "선생님 수고하십니다."라고 달아주는 댓글은 정말 큰 힘이 되었다.

SNS는 '허갑재'라는 강사 자체의 브랜딩에도 도움이 되었다. 최근에는 '페이스북' 뿐 아니라 '블로그', '인스타그램'을 통한 마케팅도 활용 중이다. 나는 블로그 및 인스타를 통해 나만의 강의 방법, 관리 방법들에 대한 카드뉴스를 연재한다. 이것을 보고 많은 강사가 나의 강의법에 대해 컨설팅을 요청해오기도 한다. 주기적으로 요청이 들어오는 강연요청은 덤이다. 결국 '허갑재'라는 브랜드를 SNS가 구축해주는데 큰 몫을 해주는 것이다.

수업은 강의실에서만 진행되는 것이 아니다. 칠판 밖, 교실 밖에서도 수업은 진행된다. 요즘 시대에 분필만을 쥐고 수업을 진행하는 것은 구시대적인 생각이다. 강의실로만 제약된 당신의 공간을 SNS로 옮겨가 보라. 당신의 강의는 한껏 날개를 달게 될 것이다.

07 개그맨이 아닌 레크레이션 강사가 되라

매년 봄이 되면 어김없이 야구시즌이 다가온다. 나는 야구를 좋아하는 편은 아니다. 하지만 가끔 야구장에 가는 것은 즐기는 편이다. 야구는 잘 모르지만, 응원의 재미가 있기 때문이다. 하루는 '넥센'의 응원석에 앉아 야구 경기를 관람한 적이 있다. 응원단장이 응원 구호와 노래를 알려주며 분위기를 주도해 나갔다. 나는 흥이 오르지 않으면 따라 하지 않는 편이다. 하지만 그는 괜히 응원단장 명찰을 단 것이 아니었다. 별로 움직이고 싶지 않던 나를 어느 순간 같이 따라 하게 만드는 힘이 있었다. '보이지 않는 아우라가 이런 것이구나!'라는 생각이 들었다. 그날 본 응원단장에게는 청중을 움직이는 힘이 있었다. 가만히 있으려고 하던 나의 '정지관성'을 보기 좋게 깨어버리는 무시무시한 힘이 있었던 것이다. 내가 본 '넥센'의 응원단장은 그 누구보다 뛰어난 레크레이션 강사였다.

그렇다면 개그맨과 레크레이션 강사의 차이는 무엇일까? 개그맨들은 그저 청중들을 웃기는 데만 집중한다. 그저 관객들이 왁자지껄 한바탕 웃으면 임무를 완수하는 것이다. 어찌보면 개그맨의 역할은 청중의 참여와는 거리가 멀다.

하지만 레크레이션은 다르다. 레크레이션 강사는 청중들에게 웃음을 주는 것만으로는 목표를 완성했다고 이야기할 수 없다. 그저 관객들에게 웃음을 주는 것만으로 끝난다면 레크레이션은 반쪽짜리 성공에 불과하다. 만약 넥센의 응원단장이 그저 응원객들에게 웃음만을 주고 끝났다면 어떻게 되었을까? 응원단장의 역할은 관객들의 응원을 이끌어내는 것이다. 결국, 제대로 움직이게 하는 것이 제대로 된 레크레이션 강사의 역할인 것이다. 단순히 재미만을 주는 것이 아닌 듣는 이를 움직이도록 만들어야 한다.

나는 스스로 평가해보아도 재미있는 수학 강사 축에 속한다. 한때는 이러한 생각이 과해져 나만의 스타일을 구축하기 위해서 재미있는 수업에만 골몰했던 적이 있다. 물론 재미있는 수업 자체는 아주 큰 강점이다. 하지만 중요한 것은 개그맨이 관객을 웃기듯이 호응을 유도하는 것이 아니라는 것이다. 수학 강사의 본연의 임무는 학생들이 수학을 공부할 수 있도록 만드는 것이다. 주객전도는 경계

해야 한다. 어디까지나 학생들에게 재미를 주는 것은 그들을 공부할 수 있도록 돕기 위함이다. 수학 수업 자체가 '웃겨야 할 이유'는 없는 것이다. 나는 이것을 간과하고 있었다.

나는 실질적으로 학생들을 움직일 수 있는 기술이 무엇일지 고민하게 되었다. 재미있고 유쾌한 수업은 좋지만, 그것으로 끝나는 것은 아무 의미가 없기 때문이다. 수학 강사계의 개그맨으로 남을 것이 아니라 레크레이션 강사가 되어야 했다. 응원단장이 청중들을 응원하게 했듯이 나도 학생들을 공부하게 만드는 강사가 되어야 했다. 포인트는 간단했다. 그렇게 고민을 거듭한 끝에 학생들을 움직일 방법에 대해 나름대로 정리해 나갈 수 있었다.

개그맨과 레크레이션 강사가 다르듯이 단순한 유머와 몰입을 위한 재미는 다르다. 유머는 학생들에게 단순한 웃음을 주지만 재미는 학생들을 몰입시킨다. 이 몰입을 이끌어내야만 학생들의 집중력을 이끌어낼 수 있다. 나는 결국 수업에 유머가 아닌 재미를 넣어야 했다. 학생들의 몰입을 끌어내고, 재미를 주기 위해서는 나름의 기술이 필요했다. 수업에 재미를 불어넣고 학생들을 참여시키는 나만의 기술을 크게 두 가지로 공개해볼까 한다.

첫째, 동기부여를 하더라도 듣는 학생들에게 공감대를 형성하는 이야기여야 한다. 만약 주식투자를 공부하는 수강생들을 대상으로 쉽게 돈을 버는 이야기를 한다고 해보자. 당연히 내가 하는 이야기에 솔깃할 것이다. 하지만 경제권이 없는 학생들에게 주식투자에 관해 이야기를 한다고 하면 어떨까? 몇몇은 관심이 있을지 모르지만, 대부분은 아무 관심이 없을 것이다. 스스로 관련이 있는 이야기가 아니기 때문이다. 마치 여성에게 '군대에서 축구 경기를 한 이야기'를 하듯이 말이다. 듣는 이의 상황을 정확히 이해하는 것은 그만큼 중요하다.

나는 학생들을 집중시키려는 방법으로 흔히 말하는 '멋진 이야기'를 하지 않는다. 이를테면, 하루는 학생들의 집중력을 끌어올리기 위해 '급식 빨리 먹으러 가는 이야기'를 강의했다. 급식을 빨리 먹으러 가기 위해서는 4교시가 끝나는 종소리가 치기 오 분 전부터 '스타트 자세'를 취할 것 등을 이야기 한 것이다. 그러자 학생들은 깔깔거리며 집중하기 시작했다. 자신들의 이야기였기 때문에 집중한 것이다. 만약 내가 '직장인이 야근하지 않는 방법'이나 '중고차를 싸게 사는 법'에 대해 이야기했다면 그다지 관심이 없었을지 모른다. 이만큼 듣는 학생들과의 '접점'은 중요하다. 강사는 듣는 이의 '생존환경'을 고려하여 수업에 몰입시켜야 한다.

둘째, 문자를 통해 학생들의 경쟁심리를 자극하는 방법이다. 학생들은 기본적으로 '분위기'에 약하다. 집에서 공부하지 않는 학생일지라도, 학원에 오면 공부를 하는 분위기에 빠지게 된다. 기본적으로 학원에는 서로 공부하는 학생들을 쉽게 발견하기 때문이다. '분위기'를 이용해 공부하는 '관성'을 만드는 것이다. 하지만 이것은 한계가 있다. 기숙학원이 아닌 이상에야 학생들은 학원에 기껏해야 일주일에 두세 번을 오게 되기 때문이다. 중요한 것은 학생들이 학원에 오지 않는 날에도 공부할 수 있는 환경을 만들어 주는 것이다. 하지만 학원 밖에서는 학생들 스스로 분위기를 유지하기 쉽지 않다.

이를 해결하기 위한 나만의 방법이 있다. 바로 주기적으로 '문자 자극'을 주는 것이다. 문자 자극은 예를 들면 이렇다. 학생들에게 숙제 노트를 걷어 검사하다가도 잘 된 노트가 있으면 공개적으로 칭찬하는 것이다. 그리고 이렇게 보낸다.

'김철수 학생, 이번 주 숙제 퍼펙트! 문상 추가 포상!'

'박영희 학생, 일일 테스트 이번 주 전부 만점! 이대로 가면 일 등급 가능!'

이런 식으로 문자를 통해 '공개칭찬'을 하는 것이다. 이렇게 하면 혼자 나태해진 학생도 더 열심히 달리게 되는 요인이 생긴다. 주의해야 할 점은 '공개 비판'은 안 된다는 점이다. 자존감을 올리고 경쟁심을 자극하는 수준으로는 활용하면 좋지만, 자칫 잘못하면 '차별'을 한다는 비난을 들을 수도 있다. 적절히 수위를 조절하는 지혜가 필요하다.

레크레이션 강사들은 저마다의 고유한 기술로 청중들을 참여시킨다. 딱딱해진 분위기를 녹이는 '아이스 브레이킹'부터 '마무리'까지 모든 것이 강사에게 필요한 기술이 된다. 비단 레크레이션 강사가 아닐지라도 청중들을 참여시켜야 함은 마찬가지이기 때문이다.

당신이 학생들의 공부 의지를 자극하고 싶다면 단순한 개그맨이 아닌 레크레이션 강사가 되어야 한다. 그러기 위해서는 학생들을 움직이기 위한 여러 기술이 필요하다. 내가 이야기한 방법 이외에도 당신만의 방법이 분명히 있을 것이다. 어떤 때에 학생들의 집중력과 몰입도가 좋았는지를 스스로 분석하여 당신만의 기술을 구축해보자. 당신도 일류 레크레이션 강사 부럽지 않은 '분위기 메이커'가 되어 있을 것이다. 이 분위기는 당신의 학생들의 '성적'으로 이어질 것이다.

제4장

1타 강사가 가져야
할 7가지 마인드

The **Number one** math
instructor makes a sharp
difference

01 명확한 월수입 목표를 종이에 적어라

'화목한 가정, 유복한 환경'

위의 단어는 내가 가지지 못한 것들이다. 나는 화목하지 못한 가정에서 자랐다. 부모님께서는 내가 어릴 적부터 참 많이 다투셨다. 가끔 사이가 좋은 모습을 보이기도 하셨지만, 다투는 날이 많았다. 대부분은 이것을 보고 '성격 차이'라고 이야기하지만 아니었다. 내가 보기에 원인은 결국 하나였다. 바로 '돈'이었다. 우리 집은 항상 돈의 굴레를 벗어나지 못했다. 나는 그런 모습이 너무나도 싫었다. 그렇게 우리 부모님은 이혼하셨다.

나는 눈물을 머금고 이를 악물었다. 반드시 경제적으로 성공하겠다는 다짐을 했다. 내가 부모님에게 받았던 설움을 나의 후대에는 물려주고 싶지 않았다. 내가 느꼈던 가난의 고리를 나에게서 끊어버리 겠다고 다짐했다. 나는 그렇게 취업을 준비했고 코오롱에 입사했다. 나는 내가 대기업에 들어가면 부의 길로 접어들 것이라 기대했다.

코오롱에 입사하여 처음으로 받은 월급은 290만 원이었다. 대학 생이던 나에게는 정말 큰 금액이었다. 3년을 근무하고 대리가 되자 월급이 30만원 정도 더 올랐다. 여전히 적은 금액은 아니라고 생각 했다. 하지만 그 금액으로 무언가를 준비하기에는 턱없이 부족했다. 나이가 차면 결혼도 하고 아이도 낳고 싶었다. 그러기 위해서는 집 이 있어야 했다. 물려받을 재산이 없기에 당연히 나의 힘으로만 모 든 것을 해결해야 했다.

그러나 현실은 만만하지 않았다. 회사가 소재한 서울 및 수도권 의 집값은 절대 내가 넘볼 수 있는 가격이 아니었다. 뉴스를 볼 때마 다 서울의 아파트 가격은 고공행진을 진행 중이라며 겁을 줄 뿐이었 다. 내가 이 회사에서 20년을 다닌다고 할지라도 서울의 아파트 한 채를 사는 것은 불가능했다. 물론 단 한 푼도 쓰지 않고 모은다고 하 면 가능하겠지만 그것은 현실적으로 말이 안 되는 이야기였다.

가끔 재무상담사라고 하는 사람들에게 컨설팅을 받아보기도 했 다. 그들의 나에게 '하루에 만원으로 사는 법, 돈을 아끼는 법' 등에 대해서만 조언했다. 심지어는 밖에서 마실 커피 대신 물을 싸 들고 다니는 방법들에 대해 알려주곤 했다. 황당하기 짝이 없었다. 그렇게 한두 푼을 모두 인색하게 아끼는 수전노가 되는 법을 알려주면서 무슨 재무컨설팅이란 말인가. 나는 그렇게 살고 싶지는 않았다. 내가 그리던 인생은 그런 것이 아니었다.

나는 나 자신에게 자문해보았다. '나는 그동안 공부를 왜 한 것인가?' 학자가 되기 위해서일까? 절대 아니다. 나는 아주 이론적인 학문을 탐닉하는 것에 흥미가 없다. 돈을 많이 벌기 위해서 아니었을까? 솔직히 말해서 그렇다. 내가 대기업을 그만둔 것도 결국 나만의 시스템을 만들고 명확한 월수입을 달성하기 위해서였다. 나는 스스로 솔직해지기로 했다. 내가 일등 수학 강사가 되려고 한 것도 결국 많은 수입을 창출하기 위함이었다. 그것을 통해 내가 누리지 못했던 풍요로운 인생을 만들기 위함이었다. 내가 알고 있는 대부분의 문제는 돈으로 해결이 되는 경우가 많았다.

우리나라는 돈에 대해 너무나도 터부시한다. 돈을 밝히는 사람을 경멸하고 돈에 대한 욕망 자체를 금기시하는 것이다. 생각해보면 참으로 이중적인 태도가 아닐 수 없다. 그런 사람들치고 자신에게 들어오는 돈은 마다하지 않을테니 말이다.

돈은 결국 자신에 대한 사회의 평가이다. 프로의 세계는 결국 돈으로 보상 받는 것이 당연하다. 우리는 프로야구 선수가 'FA 대박'을 터뜨렸다는 기사를 가끔 보게 된다. 자신의 가치를 산술적인 금액으로 인정받는 것이다. 보상은 산술적인 가치로 하는 것이 당연하다. '열정페이'라는 단어가 말이 안 되는 것도 같은 이유이다. 만약 스스로가 '나는 돈을 적게 받아도 상관없어.'라고 생각한다면 스스로에 대한 가치를 깎아내리는 것이다. 만약 자신의 가치를 열 배 이상 높게 평가받을 곳이 있다고 하더라도 그대로 남아있을 것인가? 그렇지 않을 것이다. 나 역시 나 자신의 가치를 제대로 평가받기 위해 수학 강사가 되었다. 나는 나 자신의 가치를 제대로 입증하고 싶었다.

나는 그 가치를 제대로 보이기 위해 먼저 일등 강사가 되어야 했다. 학원에는 항상 제일 먼저 출근했다. 오후 느지막이 출근해도 되었지만, 나의 출근 시간은 항상 아침 여덟 시였다. 심지어는 새벽에 출근한 적도 있었으니 가끔 졸음이 쏟아지는 불상사도 생겼지만, 누구보다 열심히 수업 준비를 완벽히 한다는 생각에 뿌듯했다.

하지만 일찍 출근하는 이 방법을 그다지 추천하고 싶지는 않다. 너무 일찍 출근하다 보니 가끔 있는 회식 자리에서는 동료 강사들의 표적이 되곤 했다. 내가 너무 빨리 나와서 다른 강사들을 눈치 보이게 한다는 것이었다. 나는 그 이후로 일찍 출근하지 않는다. 오히려 주변의 카페나 카페형 도서관에서 수업 준비를 진행했다. 그것이 훨씬 더 마음이 편했다.

나는 그렇게 다른 강사들과 차별점을 만들어 나갔다. 수업 준비면에서도, 학생관리 면에서도 학원에서 지시하지 않은 일들을 혼자 계획하고 구상해나갔다. 왜 시키지도 않은 일을 하는지 반문하는 강사가 있다면 되묻고 싶다. 학원 강사는 학원에 소속된 근로자가 아니다. 물론 월급제를 받는 강사라면 이야기가 다르겠지만 대부분은 개인사업자에 속하는 프리랜서이기에 독립된 개인으로 보는 것이 맞다. 프리랜서라면 자신의 업무를 주도적으로 진행하는 것은 당연하다. 말 그대로 '사업자'이기 때문이다. 최고가 되기 위해서는 지시만에 의해 움직여서는 안 된다. 주도적으로 자신의 일을 계획하고 움직여야 한다. 그렇게 주도적으로 움직이고 자신의 성과를 공유하는 관계가 되어야 한다. 원장의 지시만 받는 강사는 절대 원하는 월 수입 목표를 달성할 수 없다.

나는 그렇게 차곡차곡 나만의 시스템을 만들어 나갔다. 자연스럽게 나의 입지는 커져갔다. 처음에는 다섯 명에 불과했던 나의 학생 수는 단 삼 개월 만에 놀라울 정도로 늘어났다. 나의 반 학생들이 계속해서 친구들을 데려오는 바람에 강의실이 좁아 더 수용하지 못하는 상태까지 오기도 했다. 원장님은 자연스레 나의 강의실을 더 큰 강의실로 바꾸어주었다. 더 많은 인원을 앉혀야 했기 때문이다. 게다가 아주 하위권이던 학생도 나만의 시스템을 거치자 성적대가 급상승하는 경우가 속출했다. 당연히 나의 입지는 탄탄해져 갔다.

하지만 나의 급여체계는 인정하기 힘든 수준이었다. 안정적으로 많은 학생을 관리했지만, 도무지 내가 받는 월급은 이해하기 힘들었다. 나는 비정상적인 급여체계를 개선하기 위해 이직을 생각했다. 새로운 학원을 알아본 것도 아니었지만 학원에 사직서를 제출했다. 나에 대한 확신이 있었기 때문이다. 그러자 재미있는 일이 벌어졌다. 그대로 처리될 줄 알았던 나의 사직서는 반려되었고, 나는 새로운 계약서를 쓰게 되었다. 이전의 계약서와 비교하면 놀라울 정도로 급여 차이가 컸다. 야구선수로 따지면 FA 대박이 터진 것이다.

나는 학원강사로서의 본업 이외에도 초보 혹은 강사 생활에 어려움을 겪는 학원강사들에게 강사 양성 컨설팅 및 교육과정을 진행하고 있다. 수업 준비, 학생관리 혹은 급여 문제 등으로 어려움을 겪는 강사들을 좀 더 나은 길로 안내하기 위함이다. 나의 조언을 통해 더 많은 강사들이 자신의 목표 수입을 달성할 수 있도록 돕는 것이다. 이렇게 된 것은 불과 몇 년이 지나지 않았다. 만약 내가 명확한 월수입 목표를 제대로 구상하지 않았더라면, 불가능했을 일이다. 쓰는 대로, 적는 대로, 그리고 믿는 대로 이루어진다. 억대 연봉의 학원 강사가 되겠다는 나의 꿈은 그렇게 이루어졌다.

스스로 솔직하게 자문해보자. 일 년에 얼마를 벌고 싶은가? 그렇다면 한 달에 얼마를 벌어야 하는가? 그러기 위해서 당신은 몇 명의 수강생을 확보해야 하는가? 그러한 수강생을 확보하기 위해서 당신이 기울여야 할 노력은 무엇이 있는가? 모든 질문에 대한 시작점은 당신이 적는 '월수입'에서부터 출발한다. 오늘 당장 당신의 월수입 목표를 적어보자. 그것은 당신을 목적지에 더욱 빠르게 도달하게 해 줄 것이다.

02 성공자의 마인드로 가르쳐라

나는 어릴 적부터 성공에 관련된 책들을 정말 많이 접했다. 흔히 자기계발서에서 베스트셀러로 불리는 책들은 거의 다 읽어본 듯하다. 자기계발서의 성공 스토리들을 읽고 있으면 가슴이 뛰어왔다. 집안 환경이 넉넉지 못한 탓에 오히려 성공에 대한 갈망은 누구보다 더 컸다. 성공한 사람이 되어 집안을 일으키겠다는 열망이 누구보다 강했던 것이다. 그렇게 자기계발서를 읽으며 성공한 나의 모습을 그리는 것은 나의 유일한 낙이었다.

내가 중고등학생 시절에는 공부법에 관한 책도 많이 읽었다. 흔히 말하는 '스카이'에 합격한 선배들의 합격 수기를 읽으며 나의 공부 방향을 그려나갔다. 그리고 나도 반드시 '스카이'에 합격하여 성공한 사람이 되어야겠다고 다짐했다. 하지만 그러한 '성공학책'의 약

발은 고작 며칠이 전부였다. 자극은 강력했지만, 나의 행동 변화는 오래가지 못했다. 초반에는 고무줄처럼 팽팽했지만, 어느새 길게 당긴 고무줄처럼 원래의 상태로 쉽게 돌아갔다. 나의 원상태는 다름 아닌 '실패'였다. 나는 실패에 찌들어진 학생이었다. 그렇게 대학을 졸업하고 사회에 나가서도 달라지지 않았다. '나는 결국 안 되겠구나'라는 생각이 반복적으로 나를 괴롭혔다. 반복되는 실패에 스스로를 믿지 못하게 된 것이다.

성공학책을 읽으면 열정은 언제나 불타올랐다. 하지만 그 불꽃은 언제나 오래가지 못했다. 이유를 생각해봤다. 답은 간단했다. 혼자서 열정을 관리한다는 것은 불가능에 가까웠다. 책을 통해 열정을 지필 수는 있었지만 스스로 불꽃이 꺼지지 않도록 지켜내는 것은 쉬운 일이 아니었다.

나에게 필요한 것은 나 스스로를 관리할 수 있는 환경이었다. 공부하기로 마음먹기는 쉽지만 지속해서 행동을 관리하는 것이 어렵듯이, 나의 생활을 지속해줄 수 있는 관리의 영역이 필요했다. 그러기 위해서는 주변 환경의 도움이 반드시 필요했다. 나의 열정을 관리하기 위해서는 먼저 성공한 사람들을 찾아야만 했다. 하지만 생각보다 쉽지 않았다. 학원 강사로서 성공한 사람들이 나를 쉽게 만나줄 리 없지 않은가? 인터넷 강의로 잘 나가는 일타강사들은 그저 모니터 속 화면으로만 접할 수 있을 뿐이었다. 그들은 그저 내가 그리는 이상 속의 사람일 뿐이었다.

답답한 마음에 친구들과 이야기를 나누면 친구들은 항상 자조 섞인 이야기를 해댔다. '사업을 하면 성공할 텐데' '회사를 나오면 성공할 텐데', '로또에 당첨되면 성공할 텐데'와 같은 시답잖은 이야기들 뿐이었다. 그렇게 불만 섞인 이야기들은 성공자의 마인드와는 멀어 보였다.

나는 대기업에 다녔다. 하지만 사원의 마음가짐이 기업의 규모를 따라가는 것은 아니었나보다. 대부분의 직원들은 안정적인 울타리 안에서 어떻게 하면 가늘고 길게 다닐지에 대해서만 고민하고 있었다. 학원 강사 일을 시작하고도 마찬가지였다. 그저 오늘 하루 수업을 어떻게 빨리 끝내고 술잔을 기울이러 갈지에 대한 이야기들뿐이었다. 나는 가끔 성공한 학원 강사가 되기 위한 방법들을 화제로 꺼내기도 했다. 하지만 격려받기보다 오히려 지탄받는 분위기였다. '스타 강사가 되기보다는 그저 아이들을 가르치는 일에만 집중하는 것은 어떨까'라는 답을 듣기도 했다. 나는 그러고 싶지 않았다. 성공한 강사가 되기 위해 시작한 일인데 왜 보통 강사로 남으라는 것인가?

이렇게 의식이 제한되는 것은 다 원인이 있었다. 그것은 바로 내 환경이었다. 주변에서 도무지 성공한 사람들을 찾을 수 없었으니 긍정적인 영향을 받을 수 없었던 것이다. 나는 이에 대한 해답을 책에서 찾기로 했다. 유명 강사들을 직접 만나긴 어려우니 그들이 써낸 책에서 답을 찾기로 한 것이다.

그러던 중 나는 김홍석 강사가 쓴 학원 강사에 관한 책을 읽게 되었다. 김홍석 강사는 '학원 강사 성공 프로젝트'라는 프로그램도 진행하고 있었다. 나는 재빨리 이 강의를 신청했다. 물론 이 프로그램의 수강료는 정말 비쌌다. '대체 뭐길래 이렇게 비싼 거지?' 싶을 정도였다. 하지만 나는 제대로 성공하고 싶었다. 가격은 비쌌지만 그래도 대학교 등록금보다는 싼 편이었다. 제대로 배워보고 싶은 마음에 눈을 딱 감고 결제를 했다.

나의 선택은 옳았다. 나는 일등 강사로서 해야 할 시스템들에 대해 제대로 배울 수 있었다. 게다가 비싼 수강료를 내고 듣는 강사들은 일반적인 마인드를 가진 강사들이 아니었기에 서로 자극이 되었다. 그 수업을 같이 들은 강사 중 서동범 강사가 가장 기억에 남는다. 그는 이미 일산에 소재한 본인의 학원에서 일타를 달리고 있는 강사였다. 현실에 안주할 법도 하지만 그는 그렇지 않았다. 계속해서 수업을 연구했고, 어떻게 하면 더 효율적으로 학생들을 관리할지에 대해 고민했다.

나는 첫날부터 서동범 강사와 많은 이야기를 나누었다. 앞으로의 강사 커리어부터, 강사 이후의 세계에 대한 그림까지, 상상만으로도 정말 즐거웠다. 우리는 그렇게 서로 자극을 주고 받으며 성장해나갔다. 서동범 강사의 발상은 정말 독특한 점들이 많았다. 그의 노하우를 듣고 혀를 내두른 적도 많다. 물론 나의 노하우를 서동범 강사에게 전수해주기도 했다. 나는 일산 최고의 수학 강사인 서동범 강사와 그렇게 함께 발전해나갔다. 그 역시 책쓰기에 관심이 있어, 나와 같이 학원 강사에 대한 저서를 출간하였다. 우리는 그렇게 꿈으로 이어진 '꿈맥'이 되었다. 나 역시 서동범 강사에게 영감을 받아 최고의 수학 강사가 되는 방법에 대한 책을 써냈다. 내가 만약 이러한 성공자들을 만나지 못했다면 꿈꾸지 못했을 일이다.

'성공'도 하나의 학습이 필요한 과정이다. 나는 〈한책협〉을 만나고 〈성공 마인드 수업〉이라는 과정을 듣게 되었다. 그곳의 수강생들은 정말 엄청났다. 나와 같은 학원 강사뿐만 아니라, 주식투자가, 부동산 투자가, 1인 기업가로서 엄청나게 성공한 사람들이 즐비했다. 그들과 어깨를 나란히 하고 있으면 나는 대체 무엇을 하고 살았는지, 내 모습이 한없이 작게 느껴지기도 했다. 그렇게 성공한 사람들과의 주파수를 맞춰나가며 마인드를 키워나갔다.

나는 그들과의 만남에서 한 가지 느낀 점이 있다. 모든 성공자의 삶에는 순탄한 면만 있지 않다는 것이다. 나는 항상 나의 좋지 못한 가정환경을 탓하며 내가 실패할 것이라 단정 짓곤 했다. 하지만 그 럴 때마다 성공학을 가르치던 김태광 코치는 나에게 이렇게 이야기 했다. "허갑재 작가는 이미 성공했다. 나중에 이게 무슨 말인지 깨 닫게 될 거야."

처음에는 이러한 이야기가 전혀 와 닿지 않았다. 그 당시 나의 부 모님은 이혼하셨고, 가정환경은 최악의 상황을 향해가고 있었기 때 문이다. 나의 자존감 역시 바닥을 향해가고 있었다. 하지만 결론적 으로 이 말은 적중했다.

나는 지금 성공한 일등 수학 강사로서 현재의 학원에서 가장 많 은 수강생을 보유하고 있다. 그리고 나의 노하우를 토대로 개인 저 서를 집필하였다. 온라인을 통해 나의 소식을 접한 초보 강사들은 나에게 많은 조언을 요청하곤 한다. 진짜 성공이 무엇인지 제대로 배우지 않았다면 상상도 못 했을 일이다.

이만큼 의식의 힘은 굉장히 중요하다. 무언가를 이루기 위해서는 그것을 이미 이루었다고 상상해야 한다. 이미 이루어진 상태로 생각 하라고 하면 이상한 이야기처럼 들리지만 사실이다. 의식은 곧 믿음 이고 믿음은 곧 현실을 만들어낸다.

나는 성적대가 아주 낮은 학생일지라도 반드시 성적이 올라갈 것을 믿는다. 물론 당장 성적이 오르지 않을 수는 있지만 지속된 의식 확장은 결국 학생의 잠재의식을 발동시킨다. 그 잠재의식은 결과적으로 학생의 성적을 상승시키는 것이다. 나와 같이 공부한 학생들의 대부분은 이렇게 성적을 향상시켰다.

나는 '성공학'에 대한 수업을 학생들에게 지속해서 한다. 내가 그동안 바라봐온 성공자의 모습들, 그리고 실제로 겪은 성공스토리에 대한 내용을 지속해서 전파하는 것이다. 처음에는 고개를 갸웃거리던 학생들도 지금은 자연스럽게 내 이야기에 집중한다. 학생들은 기본적으로 내가 성공자라는 것을 인지했기에 나에 대해 열린 마음을 가지고 나의 이야기를 듣는다.

당신이 일등 강사가 되고 싶다면 당신의 마인드부터 개조해야 한다. 나 역시 학원 강사를 시작하면서 정말 큰 두려움과 마주했다. 안정적인 대기업을 벗어나, 학원에서 일하기로 결정하는 것은 쉽지 않았다. 하지만 지금 나는 남부럽지 않은 일타강사의 가도를 달리고 있다. 보이는 것만 믿었다면 절대 일어나지 않았을 현실이다.

당신을 둘러싼 보이는 것들에만 갇혀서는 안된다. 우리는 학생들을 성공시킬 의무가 있다. 그러기 위해서는 먼저 우리가 성공자의 마음가짐을 가져야 한다. 당신이 성공자의 마인드를 갖추는 순간 일등 강사가 되는 것은 시간문제가 될 것이다.

03 문화생활은
선택이 아닌 필수다

　나는 쉬는 날에도 반드시 수학을 공부하고 문제를 연구해야 한다고 생각했다. 물론 초기에 그런 생각을 했기에 실력적으로 엄청난 성장을 할 수 있었다고 믿는다. 서점에 있는 문제집은 다 풀어야 한다고 생각했다. 그랬기에 쉬는 날도 쉬는 날이 아니었다. 항상 도서관과 카페를 전전하며 하루를 보내곤 했다. 하지만 그렇게 쉬는 날을 보내고 집에 돌아오면 정말 피곤했다. 단 하루뿐인 휴일을 제대로 쉬지 못했기 때문이다. 열정은 불타올랐지만 나 역시 사람이었다. 누구에게나 휴식은 필요한 법이다.

　나는 한때 일주일에 7일을 근무하기도 했다. 학원에서는 6일을 근무했지만, 조금 더 수입을 늘리고자 과외까지 한 것이다. 물론 과외를 하며 학원에서 맡지 못한 학년의 수업을 준비할 수 있는 장점은 있었다. 하지만 학원 일이 끝나고 과외까지 하니 정말 쉴 틈이 하나도 없었다. 통장에 잔고는 풍족하게 쌓여갔지만, 심신은 피폐해져갔다. 그래도 '원래 강사는 바쁜 거야'라고 위안을 삼으며 달려 나갔다.

하지만 부작용은 이내 드러났다. 학원에서는 겨울방학 특강으로 시간표가 가득 채워진 상황이었다. 학원에서의 수업만으로도 이미 숨은 턱에 차오른 상황이었다. 그 와중에 과외 수업까지 준비하려니 정말 시간이 부족했다. 하루하루 맡은 수업 시간표를 그저 벼락치기 하듯이 쳐나가는 느낌이 들었다. 항상 즐겁게 진행하던 나의 수업은 웃음기가 사라져가고 있었다. 학생들에게 재미있는 이야기를 통해 동기부여를 하려고 해도 잘 되지 않았다. 아무 이야기도 떠오르지 않았기 때문이다. 동기부여는커녕, 너무나도 많은 수업을 준비하기 위해 잠을 줄인 터라 점점 예민해져 갔다.

예민하거나 신경질적인 강사는 정말 최악의 강사이다. 강사가 학생들에게 전달하는 말은 물론이고 표정과 몸짓 하나하나가 학생들에게 영향을 미치기 때문이다. 강사의 무너진 신체 밸런스는 그대로 학생들에게 전달된다. 그렇게 나는 스스로를 너무 혹사시키고 있었다. 변화가 필요했다.

나는 스스로에게 휴식 시간을 주기로 했다. 이는 강사의 생명이 걸린 것과 같았다. 당장 한두 달만 강사를 할 것이 아니라 나의 평생 직업으로 찾은 일이기 때문이었다. 장기적인 안목으로 나의 생활을 바라봐야 했다.

먼저 너무 과도하게 진행하던 과외 시간을 줄였다. 나 자신을 위해서였다. 신체적인 휴식을 가로막은 밤늦은 과외도 최대한 지양했다. 당장의 수입은 조금 줄어든게 사실이지만, 그렇게 얻은 시간으로 조금 더 휴식을 취할 수 있었다. 가끔은 평소의 기상 시간보다 늦게 일어나기도 했다. 늘어지게 아침드라마를 보는 듯 마는듯하며 빈둥대고 나면 다시 달려나갈 힘이 생겼다. 매일 이런 식으로 살면 게으른 사람이겠지만, 일주일에 한 번 정도는 이러한 휴식도 필요하다고 생각했다.

그렇게 늘어지게 휴식을 취하고, 가끔은 뒷동산에 연결된 등산로를 따라 걸었다. 등산로는 공원까지 이어졌는데, 호수공원의 길을 따라가다 보면 마음이 정화되는 느낌이 들곤 했다. 하루는 그렇게 산책을 하고 공원 근처의 카페에 들른 적이 있다. 어르신들의 재취업을 장려하기 위해 시에서 운영하는 카페였다. 시니어 직원이라는 명찰을 단 어르신들이 나의 주문을 받아주셨다. 나는 "아이스 아메리카노 한잔이요."하고 주문하는데, 어르신께서는 되물으셨다. "아이스 아메리카노? 따뜻한 거로?" 그러자, 옆에 계시던 다른 직원분이 "아이참, 아이스가 얼음이여 얼음!"이라면서 면박을 주시는 것이다. 웃음이 피식하고 터졌지만, 오히려 더욱 정감있게 느껴졌다. 그렇게 커피를 받아 벤치에 앉아 곰곰이 상념에 잠겼다. 세상이 아름다워 보일 정도로 날씨는 좋았다. 이렇게 휴식은 나의 기운을 충전해주었다. 나는 너무 앞만 보며 달려가고 있었다. 가끔은 옆과 뒤도 돌아볼 여유가 필요했다. 경주용 자동차도 잠시 쉬어갈 '피트인'이 필요한 것처럼 말이다.

　신체적인 휴식뿐 아니라 정신적인 휴식 역시 중요하다. 수학을 가르치지만, 항상 수학 문제만 풀어줄 수는 없는 일이기 때문이다. 딱딱하게 진도만 나가는 것은 나의 수업 스타일과 맞지 않는다. 그래서 나는 아이들에게 항상 자극이 되거나 흥미를 줄만한 이야기를 하는 편이다. 수업을 말랑말랑하게 만들기 위한 요소 중 하나이다. 이러한 콘텐츠들을 찾기 위해서라도 문화생활은 필수적이다. 단순히 집에서 멍하니 쉬는 것이 휴식의 전부가 아닌 것이다.

　그렇게 나는 영화와 연극을 챙겨보기 시작했다. 그 자체가 보고 싶었던 적도 있지만, 콘텐츠를 사냥한다는 직업정신으로 본 적도 있다. 영화는 학생들과의 공감대를 쌓기에 훌륭한 소재이다. 최근에 개봉한 마블 시리즈 영화를 통해서도 학생들과의 눈높이를 맞추기에 충분했다. 학생들의 트렌드는 영화를 통해 공유되는 경우가 많기 때문이다.

　물론 개인적으로 나는 영화보다 연극을 보는 것을 선호한다. 그

중에서도 소극장 연극관람을 선호하는데, 특히 앞자리에 앉았을 때 재미가 쏠쏠하다. 배우들의 표정과 몸짓, 감정을 하나하나 상세히 볼 수 있기 때문이다. 나는 연극을 볼 때마다 배우들의 대사와 몸짓을 하나하나 눈에 담았다. 연극은 일종의 강사 교육의 장과도 같다. 배우들의 감정 표현들을 보며 조금 더 풍부한 전달 방법을 익힐 수 있기 때문이다. 배우들을 보다 보면 같은 내용임에도 불구하고 각기 다른 표현 방식을 지니고 있다. 나는 이들의 모습을 하나하나 비교 분석했다. 이 역시 강사력을 증진하기에 도움이 된다.

강사 역시 배우와 다를 것이 없다. 학생들에게 수학을 가르치면서도 전달하는 방식은 천차만별이기 때문이다. 조금 더 극적이고 효과적으로 전달할 방법을 끊임없이 고민해야 한다. 배우로 따지면 연기력이라 이야기 할 수 있을 것이다. 연기력에 따라 관객들의 몰입도가 달라지듯 학생들의 몰입도도 강사의 전달력에 따라 달라진다. 이렇게 문화생활은 강사의 전달력에 영향을 주는 요소로도 작용한다.

여러 문화생활이 있지만 으뜸은 바로 의식을 확장하는 일이다. 의식을 확장하는 일은 여러 종류가 있지만, 가장 쉬운 방법은 양질의 성공학 책들을 읽는 것이다. 성공자들의 노하우와 행동을 따라하며 그들과 가까워지도록 의식적으로 노력할 수 있기 때문이다.

하지만 이 방법에는 한계가 있다. 책으로는 그들이 지닌 에너지를 그대로 느낄 수 없기 때문이다. 나는 이러한 한계를 극복하기 위해 정기적인 강연회에 참석하고 있다. 성공자들이 많이 모인 강연회에 가면 그들의 기운과 에너지를 그대로 느낄 수 있었다. 그들이 하는 말을 생생히 들으며 교훈을 얻는 것은 물론, 그들과의 주파수를 맞출 수 있다는 것이 최대 장점이다.

나는 특히 김태광 대표의 강연을 들으며 마인드를 완전히 바꿀 수 있었다. 우리가 흔히 알고 있는 '점진적 성장'이 아닌, 이미 성공자의 모습으로 생각하고 행동하는 방향성을 배웠기 때문이다. 내가 아직 성공하지 못했을지라도 이미 성공한 사람처럼 생생히 상상하고 행동하라는 방법은 정말 충격으로 다가오기도 했다. 그의 강연을 듣고 나오면 누구보다 큰 자신감이 나를 휘감았다. 몸이 허할 때 보약을 지어 먹듯이 정신세계의 보약을 지어 먹은 느낌이었다. 문화생활이라고 다 같은 부류가 아니다. 단순히 수다나 떠는 모임과는 차원이 다르다는 의미이다.

문화생활은 사치가 아니다. 문화생활은 최고의 강사를 만들기 위한 필수 요소이다. 당신은 강의를 통해 학생들에게 최고의 가치를 전달해야 한다. 이를 위해서는 당신이 입는 옷, 먹는 음식, 누리는 모든 것들에 투자해야 한다. 당신이 누리는 문화생활도 마찬가지이다.

문화생활을 통해 스스로 풍요로운 사람으로 거듭나보자. 단 돈 몇 만원을 아껴 독서나 영화관람 등의 문화 생활을 그만두는 행위는, 오히려 스스로의 성장을 가로막는 어리석은 행동에 불과하다. 스스로에게 투자하는 문화생활의 크기만큼 당신의 가치도 성장할 것이다.

04 만능 엔터테이너가 되라

　학원 강사에게 '엔터테이너적' 기질은 매우 중요하다. 강사는 분필을 잡는 그 순간만큼은 학생들에게 슈퍼스타이다. 한 명의 연극배우이자 연예인과 다름없는 것이다. 강사의 자신감이 높을수록 학생들은 강사를 우러러본다. 그러므로 강사는 무조건 극강의 자신감으로 무장해야 한다. 그래야 학생들의 수업에 대한 몰입도도 높아진다. 흔히 '스타강사'라고 불리우는 강사들에겐 이러한 엔터테이너적 기질이 다분하다.

　나 역시 이러한 기질을 중요시한다. 그렇기에 나의 수업시간에는 기본적으로 웃음이 끊이지 않는다. 내 자체가 재미있는 수업을 선호하기도 하지만, 이것은 학생들을 위한 배려이기도 하다. 하루 종일 학교수업에 지친 학생들에게 굳이 학원에서도 지루한 수업을 할 필요는 없지 않는가. 학원 수업으로 힐링이 될 수는 없겠지만 최소한 스트레스를 가중하고 싶지는 않았다. '재미있게 공부하다가 가는 학원', 그것이 내가 지향하는 수업 방식이다.

물론 내가 선천적으로 밝은 기운을 전파하고 다닌 것은 아니다. 아주 내성적이었던 성격 탓에 중·고등학교 때는 친구 관계에 어려움을 겪기도 했다. 아주 폐쇄적이지는 않았지만 내성적인 편에 가까웠기에, 빠르게 친구를 사귀는 것은 힘들었다. 하지만 한 번 친해지고 나면 친한 친구에게는 엄청난 수다쟁이가 되는 그런 부류의 친구였다.

이러던 내가 '마냥 내성적이지만은 않구나'라고 느끼게 된 계기가 있다. 바로 고등학교 일학년 때의 국어 시간이었다. 국어시간에는 '3분 말하기'라는 코너가 있었는데, 반 번호 순서대로 하루에 두세 명씩 나와 자유 주제로 발표를 하는 시간이었다. 아마 국어 선생님께서 '아이스 브레이크' 형식으로 넣어둔 코너 같았다. 가나다순으로 번호가 매겨진 탓에 '허 씨'인 나는 거의 끝 번호에 가까웠다. 나의 앞번호 친구들이 발표하는 모습을 보며 속으로 여러 가지 생각이 들었다. '왜 저렇게 어눌하고 말을 잘 못 하지?', '콘텐츠가 왜이리 진부하지?' 등등의 오만한 생각도 많이 했던 것 같다.

며칠이 지나고 나의 발표 순서가 다가오자, 나는 너무나 설레었다. '뭔가를 보여 주마'라는 기분으로 발표주제를 정했다. 주제는 자유였기에 무엇을 할까 고민하다가 결론을 내렸다. 독학으로 배우던 기타 연주를 보여주기로 마음 먹은 것이다. 기타를 들고 나가 당시에 동영상을 보며 연습한 팝송을 한 곡 불렀다. 그러자 분위기가 반전되었다. 사십 명이 넘는 반 친구들이 일시에 나에게 집중했다. "갑재야, 너 원래 그렇게 재능있는 애였어?"라는 말까지 들을 정도였다. 하루 종일 구름 위를 걷는 기분이었다. 이후 고등학교 수업시간마다 나는 단골로 불려나갔다. 수업시간이 지루해질 때마다 선생님들은 나를 '구원투수'쯤으로 여기신듯 장기자랑을 시키셨다. 그때마다 나는 설레는 가슴을 부여잡고 교단 앞으로 '등판'하곤 했다. 여지없이 분위기는 살아났다. 그 날 이후로 나는 무대 앞에 선다는 것이 이렇게 행복하다는 것을 느끼게 되었다.

대학생이 되고 직장인이 되어서도 마찬가지였다. 내가 가진 끼를 꼭꼭 숨겨두면 어딘가 답답하고 불편한 기분이 들었다. 회식 자리나 장기자랑 때 나의 개인기를 발산하면 항상 분위기는 폭발적으로 뜨거웠다. 심지어 나의 '똘끼'는 회사 본부직원들의 귀에도 들어갔다. 그 덕에 대기업 신입사원 연수원에서, 회장님을 앞에두고 발표를 하는 기회를 얻기도 했다. 회장님을 앞에두고도 개인기를 펼치려고 했으니 지금 생각하면 참 아찔하기도 하다. 어찌 보면 지금 내가 수학강사가 된 것도 이러한 쇼맨십의 역할이 컸다. 마이크를 잡고 사람들 앞에 서는 순간이 세상에서 가장 즐거웠기 때문이다.

나는 여러 무대 앞에 서며 느꼈다. 말을 하는 내가 재미있어야 듣는 사람도 재미있다는 것이다. 그리고 듣는 사람이 재미있어야 몰입도가 올라간다는 것이다. 수업이든 강연이든 공연이든 마찬가지였다. 무대 앞에 서는 일은 그러한 공통점이 있었다. 결국, 강사는 '만능 엔터테이너'가 되어야 한다. 수학을 가르치지만, 수학 외적으로 학생들을 집중시킬 줄도 알아야 한다. 그리고 수업의 분위기 자체를 장악할 수 있어야 한다. 그렇다면 어떻게 수업의 분위기를 장악할 수 있을까?

첫째, 수업에 활기를 주어야 한다.

기본적으로 학생들은 재미있는 수업을 선호한다. 재미있는 수업을 위해 완벽한 수업준비는 기본 중의 기본이다. 수업 자체의 내용이 엉성하고 부족한 상태에서 학생들이 집중해주길 바라는 것은 무리가 있기 때문이다.

강의를 전달하는 강사의 목소리와 제스쳐 역시 수업의 일부이다. 같은 내용을 전달하더라도 목소리의 톤과 제스쳐에 따라 학생들이 받아들이는 정도가 달라질 수 있다. 만약 당신이 아주 중요한 개념을 설명한다면 단조로운 목소리 톤으로 설명할 것인가? 그렇지 않을 것이다. 목소리의 강약을 조절하여 특정한 부분에 악센트를 넣어 강조할 것이다. 학생들의 기억을 조금 더 자극하기 위해서이다. 중요한 부분을 설명할 때는 주로 톤을 높이거나 억양을 달리 해주는 것이 필요하다. 하지만 가끔은 반대로 목소리를 작게 내는 것도 집중을 시키는 효과가 있다. 중요한 것은 집중해야 할 부분에서는 일반적인 톤과 억양에 변화를 주라는 것이다.

만약 학생들이 전혀 집중하지 않는 상태라면 어떻게 해야 할까? 그런 경우에는 수업 내용을 바로 설명하는 것보다는 '라운딩' 기법을 쓰는 것이 좋다. '라운딩' 기법이란 집중을 못하는 학생들에게 다가가 일부러 대화를 하는 것이다. 절대 윽박지르거나 신경질을 내며 주의를 주어서는 안 된다. 강사의 기분은 수업의 분위기와 직결되기 때문이다. 강사가 학생을 면전에서 혼내는 것은 최악의 수이다.

가령, 자는 학생이 있는 경우에 나는 학생을 깨운 뒤 이런 식으로 묻는다. "B야! 방금은 무슨 꿈 꿨어?" 그러면 자던 학생은 머쓱한지 배시시 웃는다. 다른 학생들도 웃음이 전파되는 경우가 많다. 요즘은 스마트폰 앱 중에 바리깡의 진동과 소리를 묘사한 앱이 있는데, 학생들을 자연스럽게 놀라게 하기에 정말 효과적인 앱이다. 이러한 앱도 가끔 사용하면 학생들을 자연스럽게 집중시킬 수 있기에 효과가 좋다. 이렇게 학생들에게 전하는 목소리와 제스처, 대사, 때로는 앱까지 하나 하나가 나의 전략이다. 이러한 내용은 도서관에 처박혀 수업준비만 해서는 알기 힘들다.

둘째, 학생들에게 소속감을 느끼게 해야 한다.

재미있는 토크쇼를 보면 흔히 '빵빵 터뜨리는' 패널이 있는가 하면, 별로 활약하지 못하는 패널도 있다. 하지만 진행자의 역량에 따라 분위기는 천차만별로 달라진다. '유재석'이나 '신동엽' 같은 일류 엠씨들은 대화에 참여하지 못하는 게스트들을 귀신같이 찾아낸다. 그리고는 그들이 참여할 수 있는 주제로 전환시키거나 그들을 주제로 대화를 이끌어 나간다. 자연스럽게 소외되는 게스트가 사라지는 것이다.

나 역시 회사의 회식 자리에서 엠씨를 보던 시절, 이러한 기술을 갈고 닦았다. 하루는 경력직 사원이 우리 부서로 발령 난 날이었다. 회식을 하는데 경력 사원은 영 어울리지 못하는 모습이었다. 회식 자리의 사회를 보던 나는 가만히 있어서는 안 되겠다는 '엠씨로서의 의무감'이 들었다. 그래서 사원들에게 주의를 집중시킨 뒤 준비해온 퀴즈를 냈다. "자 여러분! 지난밤 열린 프랑스대 독일의 축구 경기에서 프랑스는 독일을 몇 대 몇으로 이겼을까요?" 사회자의 재량으로 상품을 걸고 퀴즈를 진행한다고 하자, 조용하던 분위기가 후끈 달아올랐다. 오답이 난무하던 순간 정답이 결국 나왔다. 정답은 '이대일'이었다. 내가 원하던 정답이었다. 그리고 나는 다음 순서를 이어나 갔다. "네 이번 순서는 앞으로 우리와 함께 할 '이대일'과장님의 건배사가 있겠습니다!" 그러자 직원들이 곳곳에서 웃음을 터뜨리기 시작했다. 새로 입사한 경력 사원분의 이름이 바로 '이대일'이었던 것이다. 이대일 과장은 나에게 멋진 소개를 해줘서 고맙다며 감사의 인사를 표하기도 했다.

수업시간도 이와 마찬가지이다. 반 분위기에 잘 적응하는 친구들도 있지만, 절대 적응하지 못하고 겉도는 친구들도 있다. 같은 학교의 친구들이라면 학원에서도 적응하기 쉽지만, 여러 학교의 학생들이 모이는 경우에는 소외된 학생이 존재하기도 한다. 대수롭지 않게 여길 수도 있지만 혼자 겉도는 학생은 향후 퇴원으로 이어질 수 있기에 강사의 특별한 주의가 요구된다. 이만큼 성적 외적인 요소도 반드시 챙겨야 할 부분이다. 이러한 경우에 분위기를 전환하는 방법도 마찬가지이다. 바로 소외된 학생을 위주로 대화를 이끌어 나가는 것이다. 학생들에게 문제를 풀 시간을 주고 중간중간에는 강사가 함께 참여할 수 있는 분위기를 만들어 가야 한다. 소외된 학생을 위주로 대화 소재를 하나둘씩 던지다 보면 그 주위로 친밀한 분위기가 형성되기 때문이다. 한 번 만들어진 소속감은 깨지기 힘들다. 학생들이 소속감을 느끼게 되면 학원에 대한 충성도 역시 올라간다.

최고의 강사는 강의 자체에만 집중하지 않는다. 강의는 기본이며 그것을 전달하는 강사의 역량 역시 중요하다. 강사는 결국 수업만 하는 선생님으로 남아서는 안 된다. 조금 더 드라마틱하게 학생들에게 수업을 전달하는 만능 엔터테이너가 되어야 한다. 같은 정보를 전달하더라도 다큐멘터리보다 예능이 더 재미있는 이유이다.

05 끊임없이 나만의 무기를 만들어라

'이불 밖은 위험해'라는 말이 있다. 세상의 위험성을 정말 잘 표현한 말이 아닐까 싶다. 우리는 이불 안에만 있으면 안전한 삶을 살 수 있다. 아무것도 하지 않아도 되고 다치거나 깨질 일도 없기 때문이다. 하지만 이불 밖의 세상은 어디든 다 위험하다. 그렇다면 왜 우리는 위험한 이불 밖 세상으로 굳이 나와서 고생을 하는 것일까?

냉정히 말해서 우리에게는 해야 하는 일보다 하지 않아도 되는 일이 더 많다. 아주 기본적인 '의식주'가 보장된다는 전제하에 말이다. 이것은 어떤 세계로 가든 마찬가지이다. 무언가를 해야 한다는 것이 법제화되지 않았다면 사실 우리에게 지어진 의무란 많지 않다. 당신에게 독서의 중요성을 강조하는 사람은 많지만, "당장 책을 읽지 않으면 감옥에 쳐넣겠어."라고 말하는 사람은 없듯이 말이다.

하지만 의무만 지키며 살아가는 것은 삶의 질을 급격히 낮춘다. '나인투 식스'가 근무시간인 회사에서 아홉 시가 되어 출근하고 여섯 시가 되자마자 퇴근한다면 당신에게 어떤 일이 일어날까? 아마 정리해고 명단에 올라가지 않을까? 우리가 잘 아는 축구선수 박지성은 왜 굳이 공이 없는 곳에서도 빈 공간으로 한 발 더 뛴 것일까? 이 모든 것이 자신의 가치를 올리는 일이라는 것을 깨달았기 때문이다. 자신의 가치를 증명하지 못하는 사람은 도태되는 세상이 된 것이다.

나는 무엇을 하든 잘하고 싶은 욕망이 컸다. 어중간한 사람으로 남고 싶지 않았다. 회사에 다니면서도 업무를 완벽하게 하고 싶은 욕망이 컸다. 그래서 업무가 매끄럽게 끝나지 않을 때는 한편으로 오기가 생겼다. 그렇게 과거의 자료를 뒤적이며 엑셀자료에 걸린 수식을 하나하나 분석했다. 지금 생각하면 참 비효율적이었지만 내가 할 수 있는 최선의 공부법이었다. 이것은 마치 수능시험의 기출문제를 분석하는 작업과 같았다.

강사 생활을 시작하고도 마찬가지였다. 나는 어중간한 보통강사로 남고 싶지 않았다. 최고의 강사가 되기 위해 밤낮으로 수업을 연구했고 시스템을 만들어냈다. 나는 이제 누구와 맞붙어도 뒤지지 않을 '일등 수학 강사의 시스템'을 가지고 있다고 자부할 수 있다. 최고의 강사를 찾아가며 배우고 습득하며 나의 것으로 만들기 위해 갈고 닦았기 때문이다. 나는 그렇게 나만의 무기들을 만들어나갔다.

나는 무엇보다 데이터에 목숨을 걸었다. 데이터란 수업을 구성하는 여러 형태의 자료들을 모두 포함한다. 앞장에서 이야기한 학부모 상담일지, 학생별 일일 테스트 정오표 등, 나의 수업에 도움이 될 만한 자료는 모두 수집했다. 매 수업시간 전에는 일일테스트지를 만들었고, 학생들의 점수를 기록했다. 학부모와의 상담내용은 학생을 위한 중요한 힌트가 되었고, 일일 테스트 자료는 시험대비 자료를 만들기 위한 초석이 되었다. 이것을 가공하면 나만의 무기로 재탄생했다. 하지만 이러한 데이터를 나 혼자 알고 있는 것은 반쪽짜리에 불과하다. 이를 이용하여 학부모들에게 정보를 공유하는 작업은 무엇보다 중요하다. 위에서 언급했듯이 학부모 상담은 전화 통화를 하는 것이 가장 좋다. 그러나 너무 잦은 전화를 부담스러워하는 학부모도 반드시 존재한다. 이런 경우에는 밴드나 문자를 활용한다. 일주일마다 특이사항을 학부모에게 공유하는 것이다. 중요한 것은 끊임없이 학생들을 관리하고 있다는 것을 보여주는 것이다.

숙제검사도 나만의 중요한 무기이다. 노트에는 학생들의 문제 풀이 습관이 담겨있기에 아주 중요한 데이터의 역할을 한다. 게다가 학생들과 강사가 나눌 수 있는 소통창구의 역할을 했다. 노트를 낸 친구들에게 응원의 댓글을 달아주는 공간이 되었기 때문이다. 또한, 제대로 해온 친구들에게는 문화상품권이나 기프티콘으로 시상했으니 동기부여의 장이 되기도 했다. 나는 학생들이 조금 더 즐겁게 공부하기를 원했다.

위에서 언급했듯이 시험 기간마다 학생들별로 만들어준 교재도 나의 무기이다. 성적대에 따라 공부 방향이 천차만별이기 때문이다. 하위권 학생들은 교과서도 제대로 못 푸는 경우가 많다. 이러한 학생에게 일반문제집을 풀게 하는 것은 매우 비효율적이다. 가장 중요한 교과서를 못 푸는데 문제집이 무슨 의미란 말인가. 나는 성적대가 아주 낮은 학생을 위한 교재를 따로 만들었다. 먼저 교과서와 학교별 기출문제를 분석한 뒤 무조건 나올법한 문제만 추려내는 것이다. 어려운 문제는 제대로 걸러주는 것이 더 중요하다. 하위권 학생들이 어려운 문제를 풀다가 시간 낭비하는 행위를 미연에 방지하기 위함이다. 효율성을 높이기 위한 필수 작업이다. 그렇게 준비하면 아무리 하위권 학생이라도 무조건 '맞혀야 할' 문제에 대해서는 반복적으로 준비할 수 있다. 학생에 따라 '버려야 할 것'을 알려주는 것도 강사의 역할이다.

상위권의 경우엔 이야기가 달라진다. 상위권 학생들은 기본적으로 교과서 수준의 문제는 완벽하게 풀어낸다. 상위권 학생들에 대해서는 먼저 학교 시험의 난이도 분석이 중요하다. 학교별 기출시험의 난이도와 문제 출처들을 파악하는 작업을 거치는 것이다. 이를 통해 고난도의 문제 유형들을 연습하는 과정을 따로 거친다. 이를 통해 만점을 노릴 수 있는 개인별 교재를 준비하는 것이다. 시험 기간이 될수록 강의보다 자료에 치중하는 것이 옳다. 학생별 개인 공부 시간이 늘어나기 때문이다.

이러한 일련의 과정은 누가 시켜서 한 일이 절대 아니다. 누구도 강사에게 이러한 세부적인 업무를 지시하지 않는다. 월급제가 아닌 비율제로 진행되는 학원이라면 더욱 더 그렇다. 월급을 받는 근로자가 아니라 개인사업자로 분류되기 때문이다. 지시받지 않는다고 해서 아무 일도 하지 않는다면 스스로 도태되고 있다고 생각해야 한다. 프로 강사라면 스스로 구상하고 계획하며 실행하는 단계까지 거쳐야 한다.

강사로서 가져야 할 최대의 무기는 학생들에게 동기부여 하는 능력이다. "열심히 공부해"라고 말하기는 쉽지만 왜 공부를 열심히 해야 하는지 설명하는 것은 어렵다. 공부를 열심히 할 마음이 들게 하는 것은 더욱 어려운 일이다.

나는 학생들에게 동기부여를 하기 위해 정말 많은 책을 읽었다. 일 년에 단 몇 권도 읽지 않던 내가 일 년 동안 백 권에 가까운 성공학 도서들을 탐독 한데는 다 이유가 있다. 성공의 법칙들을 알아내어 학생들에게 전파하고 싶었기 때문이다. 학생들에게 독서를 강요하기보다 내가 얻은 지식을 나눠주어 깨달음을 공유하고 싶었다. 학생들이 공부할 시간도 부족한데 나처럼 성공학 도서를 읽을 시간이 어디 있겠는가?

시험 기간마다 학생들에게 보냈던 문자는 고심 끝에 한 줄 한 줄 적어 내려갔다. 학생들이 지치지 않길 바라는 마음에서였다. 하위권 학생에게는 '나눠준 자료만 풀어도 목표한 점수가 나올 수 있다.'라며 응원을 해줬고, 상위권 학생에게는 '어깨에 힘 빼고 시험을 보는 것이 중요해!'라며 긴장을 풀어줬다. 그러한 응원문자와 함께 보내는 '기프티콘'은 내 마음을 표현한 덤이었다. 이 모든 것이 나의 동기부여 시스템이었다.

이러한 시스템을 위해서 나는 정말 많은 시간을 투자했다. 단순한 수업준비뿐 아니라, 시스템을 준비할 시간이 필요했기 때문이다. 이를 위해서 강의 외의 시간은 모조리 나의 자기계발을 위해 투자했다. 나만의 교재를 만들고, 데이터를 만들고, 그리고 동기부여 자료를 만들었다. 모든 것이 하나의 유기체처럼 움직였다.

세상은 게으른 강사를 기다려주지 않는다. 이불 속에 숨어있는 강사는 머지않아 뒤처지게 마련이다. 강사의 세계는 그만큼 냉정한 세계이다. 끊임없이 당신만의 무기를 만들어 경쟁에서 유리한 고지를 선점해야 한다. 위에서 언급한 무기들 이외에도 당신만의 고유한 무기가 있을 것이다. 아직 발견하지 못했을지라도 반드시 있을 것이라 확신한다. 무엇보다 가장 중요한 것은 이를 실천하는 능력이다.

아무리 좋은 무기의 설계도가 있어도 실제로 만들고 사용하지 않으면 종잇장에 불과하다. 지금 당장 당신만의 무기를 만들어보자. 그리고 수업에 적용해보자. 당장은 완벽하지 않을지라도 머지않아 손에 잘 익은 훌륭한 무기들로 변해갈 것이다.

06 프로 강사의 카리스마를 지녀라

나는 엄한 축에 속하는 강사는 아니다. 학생들과의 소통에 중점을 두기 때문에 굳이 따지자면 부드러운 강사 축에 속한다. 모든 학생의 행동에는 다 이유가 있다고 믿기 때문이다. 그렇기에 학생들의 의견을 허투루 듣지 않으려 노력한다. 가끔 기가 막힌 이야기를 하더라도 최대한 수용하기 위해서이다. 심지어는 숙제를 해오지 않거나 지각을 하더라도 나름의 이유를 먼저 들어본다. 이것이 나만의 철학이다.

하지만 모든 이야기를 다 들어주는 것은 아니다. 내가 절대로 수용하지 않는 이야기가 있다. 바로 '드림 킬러'들의 이야기이다. '드림 킬러'란 문자 그대로 꿈을 짓밟는 사람들을 의미한다. 이들은 언제나 자조적이고 패배주의에 찌든 이야기들을 해댄다. 나는 절대 드림킬러들의 이야기는 들어주지 않는다. 학생들이라고 해도 마찬가지이다. 이런 말을 하는 드림킬러 학생이 있으면, 나는 붙잡아 놓고 '집중 정신교육'을 한다. 긍정적인 생각과 말을 하지 않으면 절대 좋은 성적도 나오지 않기 때문이다.

"선생님, 저는 안 될 것 같아요.", "선생님 이번 시험은 안 될 것 같아요."

나는 이런 이야기를 하는 학생들을 가만두지 않는다. 가만두지 않는다고 해서 두들겨 팬다는 이야기는 아니다. 이러한 드림 킬러 학생들은 나에게 붙잡혀 한참동안 독설을 듣게 된다.

"네가 시험을 잘 볼 것으로 생각하든 못 볼 것으로 생각하든 네 생각이 맞아. 무슨 생각을 하는지는 네 자유이고 네가 생각하는대로 점수를 맞게 될거야."

이렇게 얘기하면 학생들은 움찔하곤 한다. '자기 생각대로 성적이 나오게 된다'라고 엄포를 놓으니 부정적인 말을 하면 손해라는 것을 느끼게 되는 것이다. 공부 습관에 대해서도 마찬가지이다. 하루는 한 학생이 나에게 이렇게 이야기했다. "선생님, 23페이지에 한 문제 꼭 나온대요. 그런데 그 문제는 너무 어려우니 그냥 포기할게요." 이런 학생도 여지없이 나에게 된통 독설을 듣게 된다. 무조건 나오는 문제인데 도대체 왜 포기한다는 것인가? 근본적인 정신부터 개조하지 않으면 절대로 좋은 성적을 받을 수 없다. 나는 학생에게도 이러한 근본적인 '정신상태'를 강조한다. 쉽고 편하게만 얻어지는 것은 아무것도 없다.

사람은 자신이 생각하는 만큼만 성장할 수 있다. 이것은 각자 개인이 가진 '의식의 크기'에서 비롯된다. 나 역시 믿음과 의식에 따라 일의 성사가 결정되는 것을 자주 경험했다. 그래서 의식의 역할을 그 무엇보다 중요하게 생각한다. 반드시 자신이 믿는 만큼만 이뤄낼 수 있기 때문이다. 물론 가보지 못한 세계에 대해 확신을 가지는 것은 어렵다. 겪어보지 못했기 때문이다. 이를 극복하기 위해서는 끊임없는 상상력을 통해 자신이 가보지 못한 세상을 경험해야 한다. 상상은 생생하고 구체적일수록 좋다. 자신의 잠재의식과 상상력을 통해 보이지 않는 세계에 대한 확신을 가지는 것이다.

나는 대학생 시절, 취업 준비를 하며, 내가 대기업에 갈 것이라 확신했다. 초반에는 서류를 넣을 때마다 족족 탈락했다. 불합격 통보를 열 번이나 내리 받았을 때는 포기하고 싶기도 했다. 하지만 아무리 많이 떨어져도, 단 한 번만 합격 통보를 받으면 된다는 생각이 들자 마음이 편안해졌다. 내 나름대로의 논리로 '정신승리'를 이루어낸 것이다. '반드시 1승을 한다'라는 확신을 가지자 결국 대기업에서 합격 통보를 받았고 나의 확신을 증명해냈다. 그렇게 대기업에 입사하고, 또 학원 강사가 되기까지, 그리고 억대 연봉의 수학 강사가 되기까지, 모든 과정은 나의 확신과 함께했다. 또 학원 강사를 넘어 누군가에게 선한 영향력을 전파하고 싶었기에 작가라는 꿈을 꾸었고, 지금은 이렇게 작가의 꿈을 이루어냈다.

학생들뿐 아니라 학부모조차도 부정적인 생각을 가진 분들이 많다. '학부모 드림 킬러'인 셈이다. 모든 학부모가 긍정적인 생각을 가지지는 못할 수 있다. 여유롭고 넉넉한 마음가짐으로 학생들을 공부시키는 부모들도 있지만, 굉장히 절박한 마음가짐으로 학생들을 공부시키는 학부모도 있기에 마련이다. 물론 절박한 마음으로 공부를 시키는 것이 나쁜 것이라는 이야기는 아니다. 하지만 그 마음이 학생들에 대한 불신으로 이어져서는 안 된다. 부모가 학생을 믿지 못하는데 어떻게 학생이 성적을 향상시킨단 말인가? 학생을 믿지 못하는 학부모는 마치 선수를 믿지 못하는 감독과 다른바 없다.

하루는 학부모 상담을 진행하다가 학생에 대해 불신이 가득 찬 학부모의 전화를 받은 적이 있다. N이라는 학생의 학부모는 자녀가 공부를 해봐야 앞으로 가능성이 있을지 의구심이 든다고 했다. 친구들과 공부를 한다고는 하지만 전혀 믿음이 안 간다는 것이었다. 고등학생이 된 지 얼마 되지 않았는데 도무지 공부하는 꼴을 보질 못하니 부모 입장에서는 화가 난 것이다. 나는 그 학부모에게 이렇게 이야기했다.

"어머니, N의 잘못이 아닙니다. 고등학생이 된 지 얼마 안 되었으니 적응하는 기간으로 보셔야 합니다. 학업적인 부분에서는 제가 관리 할 테니 어머니는 집에서 격려만 해주시면 감사드리겠습니다."

학생들을 다그치고 야단친다고 바뀌는 일은 없다. 학생들을 다그쳐서 당장 수학 문제를 한 문제 더 풀게 할 수는 있지만 장기적으로는 전혀 효과가 없다. 중요한 것은 학생들을 믿어주는 것이다. 그 믿음의 시발점은 반드시 학부모가 되어야 한다. 믿음의 부재에서 부모와 학생 간의 갈등이 발생하기 때문이다. 하지만 이러한 믿음을 가지지 못하는 학부모들에게는 강사가 믿음을 주어야 한다.

강사는 '교육서비스업'이다. '서비스업'은 고객을 상대하는 일이기에 항상 고객을 왕처럼 대접해야 할 것이라 생각하지만, 강사는 '서비스업'이기 이전에 '교육업'이다. 교육은 누군가를 가르쳐야 하는 직업이다. 누군가를 가르치는 강사가 자신의 신념과 철학이 없다면 어떻게 될까? 그저 하루하루를 흘러가는 대로만 살아간다면 누군가를 제대로 가르치고 있는 것일까? 나는 그렇지 않다고 생각한다. 누군가를 가르치는 강사는 그들에게 지식 이외의 의식세계를 확장해줄 의무가 있다. "저는 해도 안 될 것 같아요."라는 이야기를 그냥 흘려넘겨서는 안되는 것이다. 내가 학생들을 부드럽게 대하면서 절대 넘어올 수 없도록 강조하는 선이 바로 이러한 '패배주의'이다.

프로 강사라면 반드시 자신만의 카리스마가 있어야 한다. 버릇없는 학생들의 이야기조차 웃으면서 받아줄 이유는 없다. 자신의 가능성을 깎아내리는 '드림 킬러' 학생들 혹은 학부모들의 이야기에는 절대 수긍 해서는 안된다. 그렇게 스스로의 가능성을 제한해 놓은 상태에서는 아무 일도 벌어지지 않는다.

일등이 되고 싶다면 당신만의 '강사 카리스마'를 가져야 한다. 그리고 당신이 가르치는 대로 살아가며, 당신의 확신을 증명해보이자. 내가 대기업에 합격하고, 억대 연봉의 수학 강사가 되고, 또 작가가 되었듯, 일련의 과정을 학생들에게 낱낱이 보여주자. 확신이 현실로 이루어진다는 것을 증명하는 것이다. 세상에는 '드림 킬러'들이 너무나도 많다. 하지만 어쩌면 드림킬러들도 당신의 성공스토리를 기다리고 있을지 모른다.

07 스스로를 학생들의 부모라고 생각하라

    학원에 근무하다 보면 형제가 같은 학원에 다니는 경우를 종종 발견한다. 나의 경우에도 형제 중 고등학생인 형은 내가 가르치고, 중학생인 동생은 다른 강사가 가르친 경우가 있다. 두 형제는 학원에 등원하고 하원 할 때마다 살가운 담소를 나눴다. 남자 형제의 사이가 너무 좋으니 형제가 아니라 자매 같아 보일 정도였다.

    두 형제 중 내가 가르치는 고등학생 녀석은 수학을 참 못했다. 갱생이 불가능할 정도는 아니었지만 아니었지만 몇 번 배운 개념을 하루 이틀 뒤면 항상 잊어버렸다. 하루는 열 번 가까이 설명한 문제를 시험 전날 다시 질문하기에 나도 모르게 언성을 높인 적도 있다. 다행히도 나와 공부하고 난 뒤에 점수가 삼십점 정도 오르기는 했지만, 배운 내용을 정말 꾸준히 까먹으며 나의 속을 썩이는 녀석이었다.

하지만 나는 이 학생이 참 좋았다. 수학은 잘 못 했지만, 천성이 아주 밝은 학생이었기 때문이다. 이 학생은 쉬는 시간마다 나에게 말을 걸어왔다. 자신이 하루 동안 있었던 일상에 대해 이야기를 늘어놓곤 했다.

"선생님, 제가 방송부 신입생들의 면접관을 맡게 되었는데요. 합격 기준을 어떻게 정하는 것이 좋을까요?"

이 학생은 나에게 다방면의 고민을 털어놓으며 조언을 구했다. 나도 나름대로의 경험을 토대로 답변을 해주었다. 그럴 때마다 이 학생은 박수를 치며 나의 의견에 감탄을 표했다. 언제나 뜨겁게 반응해주니 밉지 않은 녀석이었다.

이 형제는 가족끼리 여행을 참 많이 다녔다. 주로 주말에 여행을 다니다보니, 수업이 많은 주말을 통으로 결석하는 경우도 많았다. 당연히 수업에 큰 지장이 있었다. 하지만 내심 이들의 화목한 가정이 부러워보이기도 했다. 어찌 보면 내가 경험해보지 못한 것에 대한 부러움이었을지 모를 일이다.

내가 중학생이던 시절을 떠올려보면 거의 회색빛에 가깝다. 집안 경제 사정이 급속도로 어려워진 탓에 급식비를 내기 힘들 정도였다. 물론 가정형편이 어려운 학생에 대해서는 급식비도 지원받을 수 있는 제도가 있었다. 지원금을 신청하기 위해서는 부모님의 사인을 받은 신청서를 담임선생님께 접수해야 했다. 어렵지 않은 일이었다. 그저 신청 사유에 '우리 집안 사정이 이만큼 어려우니 지원이 필요하다.'라는 식으로 작성하면 그만이었다. 그렇게 부모님의 사인을 받은 지원서를 주머니 속에 넣은 채 학교에 갔던 날이다. 수업이 끝나고 교무실에 계신 담임선생님을 찾았다. 힘겹게 지원서를 제출하자 담임선생님은 안타까운 눈으로 바라보셨다. 선생님은 나에게 '잘 접수해줄 테니 걱정하지 말고 힘내'라는 응원을 해주셨다. 나는 죄인이라도 된 듯, 축 처진 어깨를 한 채 돌아 나왔다.

버릇없어 보일지 모르지만 내가 급식비 지원 신청서를 낼 때, 당시 담임선생님께서 해주신 '힘내'라는 인사가 너무나도 싫었다. 누구보다 자존심이 셌기에 그런 이야기를 듣고 싶지 않았는지 모른다. 급식비 하나에 허덕이는 우리 집의 환경, 그것으로 인해 무너지는 나를 바라보는 것이 싫었다. 교과서에 나오는 '화목한 가정', '행복한 가정'이 나에게는 당연한 단어가 아니었다.

나는 학원에서 여러 학생을 마주하지만 분명 좋은 가정환경에 처한 학생도, 과거의 나와 같은 환경에 처한 학생도 있을 것으로 생각한다. 그만큼 학생들이 느끼는 고충도 다양할 것이다.

하루는 G라는 학생이 등원하는데 느낌이 왠지 싸했다. 평소와는 다르게 향수 냄새가 난 것이다. 너무 짙은 냄새였다. 나는 G의 문제 풀이 과정을 봐주며 숨을 깊게 들이쉬었다. 확실히 담배 냄새였다. 나는 G를 따로 불러 장난치듯 이야기했다.

"형을 속일 생각하지 마라."

그러자 G가 멋쩍은 듯 웃어 보였다.

"아… 냄새 나나요 선생님?"

나에게 그야말로 '딱 걸린 것'이다. 부모님께서도 아시는지 물어보자 그렇지 않다고 했다. 부모님께서 아시게 되면 그야말로 G는 스스로 '죽은 목숨과 다름없을 것'이라 했다. 나는 G와 가벼운 듯 진중한 이야기를 나눴다. 나도 흡연자였던 탓에 담배의 유혹이 얼마나 강렬한지 알고 있다. 그래서 G에게 담배를 피우면 어떠한 점이 안좋은지 내가 느낀 단점에 대해서 나열해주었다. 특히 담배를 피움으로써 잃게 되는 사회적, 경제적 요인들에 대해 알려주자 G의 표정이 점점 굳어져 갔다. 심지어는 '담배를 피우고 버스를 바로 타게 되었을 때 옆 사람이 느끼는 감정'에 대해 설명하였더니, G는 '다시는 담배를 피우지 않겠다'라고 이야기했다. 나는 절대로 강요하고 싶지 않았다. 학생이 스스로 판단하게 하고 싶었다.

등잔 밑이 가장 어둡다. 분명한 것은 학부모들이 이 시기의 자녀들에 대해 놓치는 점이 정말 많다는 것이다. 바둑도 훈수를 둘 때 가장 잘 보이듯 자신의 바둑판에는 아무리 봐도 보이지 않는 '악수'가 있다. 강사는 학부모가 보지 못하는 '훈수꾼'의 역할을 해야 한다.

나는 학생들과 소통하는 강사만이 이러한 연결고리의 역할을 할 수 있을 것이라 믿는다.

만약 내가 G의 흡연 사실을 학부모에게 바로 알렸다면 어떤 일이 일어났을까? 확실한 것은 그것이 시기상으로 최선의 판단은 아니었으리라는 것이다. 학생과 부모가 가장 가깝지만, 부모가 자녀의 고민을 당장 해결해줄 수 없는 부분도 많다.

대부분의 학부모는 학생들의 성적에 민감하다. 하지만 안타까운 것은 자녀들의 일상생활에 대해서 어떠한 일이 있었는지, 현재 자녀의 자존감은 어떠한 상태인지에 대한 관심은 적다. 그래서 읽어내지 못한다. 그것은 성적처럼 수치로 표현되지도 않고, 당장 문제시되지도 않기 때문이다.

학생의 공부를 이어나가는 힘은 당장 수학 문제를 한 문제 더 푸는 것에서 시작되지 않는다. 그보다 학생의 자존감과 동기부여를 지속적으로 관리해야 한다. 이 역할을 하기에 가장 적합한 사람은 다름 아닌 부모님이다. 하지만 현실적으로 그렇지 못하다. 대부분 학생은 맞벌이 부모의 자녀로 혹은 사춘기 시절 대화가 단절된 부모 관계를 유지하기 때문이다. 최전방에서 부모의 역할을 해줄 수 있는 사람이 사라진 것처럼 보인다.

나는 학생들에게 수학을 가르치는 강사이지만 그 이전에, 그들의 인생 선배이자 나아가서는 부모의 역할까지 한다는 생각으로 학생들을 대한다. 이러한 생각 없이 단순히 수학을 가르치는 강사는 반쪽짜리가 될 수밖에 없다. 학부모들은 24시간 학생들을 챙기지 못한다. 학부모들은 학생들과 마주하지 못하는 그 시간을 강사인 나에게 온전히 맡기는 것이다. 학부모들이 넘겨준 책임감을 무겁게 느껴야만 하는 자리이다.

이러한 책임을 완수하기 위해 무엇보다 중요한 것은 학생들을 있는 그대로 대하는 것이다. 아주 어렵고 힘든 원리가 아니다. 급식비가 없어서 자존심이 상했던 나에게, 호기심에 담배를 피우다 걸릴까 두려움에 떨었던 학생에게, 당신은 어떤 말을 건네고 싶은가? 이 한마디를 생각하고 따뜻하게 건네는 것이 당신의 진심을 전하는 첫 단추가 될 것이다.

제5장

억대 수입의 수학 강사로 성공하라

The **Number one** math instructor makes a sharp difference

01 나는 대한민국 1등 강사라고 선언하라

강사 생활을 하다 보면, 여러 가지 힘든 순간이 닥친다. 학생의 성적이 나오지 않았을 때, 학부모의 클레임이 극심할 때, 동료 강사와의 관계의 문제가 생길 때 등 여러 가지 걸림돌들이 있다. 하지만 내가 가장 힘들었던 순간은 따로 있다. 내가 수업을 하던 도중 아버지께서 쓰러지셨다는 연락을 받은 것이다. 급히 대학병원의 응급실로 달려갔다. 검사를 해보니 병원에서는 아버지에게 위암 판정을 내렸다. 하늘이 노랗게 물들었다. 성공을 향해 열심히 살아왔다고 생각했는데 나에게 왜 이런 시련이 다가왔는지 원망스럽게 느껴졌다.

그렇게 차가운 수술실로 들어가는 아버지를 보며 아무 생각도 들지 않았다. 세상이 정지된 것처럼 느껴졌다. 성공인지 실패인지 모르는 수술을 마치고 아버지가 나오셨다. 나는 병실에 앉아 텁텁한 공기와 마주했다. 아버지는 숨을 허덕이며 천장을 바라보셨다. 나는 조용히 고개를 숙였다. 부정적인 기운을 떨쳐버리고자, 성공에 관해 이야기하는 도서를 탐독했다. 하지만 이내 책장을 덮고 말았다. 힘겹게 한 줌의 호흡을 뱉어내는 아버지 앞에서 이게 다 무슨 소용인가 싶었다. 그렇게 책장을 덮고 오랫동안 눈물을 흘렸다. 세상이 원망스러웠다.

주변에 나의 가까운 사람들이라 생각하던 사람들은 실상 별로 많지 않았다. 나의 힘듦에 관해 이야기하면 그저 그때뿐, 제대로 들어주고 이를 해결해주는 이는 어디에도 없었다. 오히려 내가 계속해서 힘든 이야기를 하는 것에 대해 꺼리는 눈치였다. 그렇다. 힘든 것은 결국 나 혼자만의 일이었다. 그 누구도 고통을 공유해줄 사람은 없었다. 나는 자포자기하는 심정으로 하루하루를 보냈다. 이렇게 사는 것이 무슨 의미인가 싶었다. 학생들을 가르치는 일조차 행복하지 못했다. 내가 행복하지 못한데 그들에게 '공부하자, 성공을 향해 달리자'라는 상투적인 이야기를 할 수 없었다. 이런 상태의 내가 누군가를 가르칠 자격이 있는지에 대한 의문도 들었다.

결국, 내가 기댈 곳은 어디에도 없어 보였다. 성공에 관한 책조차 읽기 싫었던 나는 우연히 한 장의 CD를 듣게 되었다. 김태광 작가의 성공학 강연을 담은 〈의식수업〉이라는 음원이었다. 책이고 뭐고 다

읽고 싶지 않았지만, CD는 자동차로 이동 중에 들을 수 있었기에 그저 아무 생각 없이 들었다. 김태광 작가는 음원에서 이렇게 이야기했다.

"시련은 변형된 축복입니다. 성공한 사람들에게는 누구나 시련이 있을 수밖에 없습니다. 이겨내기만 하면 무조건 성공을 하게 되는데 시련이 축복이 아니면 무엇이겠습니까?"

축 처져 있던 나는 가슴 속이 요동치기 시작했다. 그의 음성으로 '시련은 변형된 축복이다.'라는 메시지를 듣는 것만으로도 모든 것이 해결된 느낌이었다. 내가 그동안 들었던 어떠한 메시지보다 더 큰 울림이 있었다. 그렇게 자포자기할 뻔했던 나는 그 메시지를 듣고 잠시동안 펑펑 눈물을 흘리고 말았다.

내가 겪고 있는 시련들, 부모님의 건강 문제, 화목하지 못한 가정은 작게 바라보면 너무나 큰 시련이었다. 하지만 그것들을 이겨내고 내가 아주 큰 사람이 되고 나면 아주 사소한 일처럼 여겨질 일들이었다. 이것들은 내가 더욱 큰 사람이 되기 위한 장치들이었다. 만약 너무 순탄한 일들만 나에게 펼쳐졌다면 어땠을까? 나는 아주 순탄한 탄탄대로에서만 달렸을 것이다. 하지만 그러한 길은 나를 크게 성장시키지 못했을 것이다. 지금처럼 학생들에게, 그리고 새로운 도전을 시작하는 학원강사들에게, 그리고 주변 사람들에게 컨설팅을 해주지 못했을 것이다. 어떤 것이 시련인지에 대한 기준점도 세우지 못했을 것이다. 성공과 실패를 가늠하기 위해서 시련은 필수 요소였다. 시련은 그렇게 나라는 사람의 그릇을 키우고 있었다.

결국, 중요한 것은 의식의 크기였다. 의식의 크기가 결국 나의 크기를 결정했다. 강사 일을 시작하고, 학생들을 가르치고, 그리고 최고의 강사가 되기 위해서 필수적인 요소는 의식이었다. 의식 확장을 위해서는 반드시 그에 걸맞은 독서가 필요하다. 나는 덮어두었던 성공학책들에 대해 다시 탐독하기 시작했다. 많은 성공학책들을 읽으며 공통으로 발견한 메시지는 한가지였다. 바로 '반드시 이루어질 것을 확신하라'라는 것이었다.

나는 1등 수학 강사가 되고 싶었다. 그러기 위해서는 '나는 1등이다'라고 선언하는 것이 출발점이었다. 그 자체로 이미 이루어진 상태가 된다는 것이다. 혹자는 이러한 행위를 미신에 가깝다고 생각할지 모른다. 차근차근 성공을 쌓아가는 것이 정답이지 어떻게 '1등이 되었다.'라고 선언하는 행위 자체가 도움이 되는지 의심을 가질 수도 있다. 선언함으로써 그저 남들이 지켜본다는 부담감이나 책임감만 지어지는 것이 아니냐고 생각할지 모른다. 하지만 그렇지 않다. '선언'은 내면에 숨겨진 '잠재의식'을 움직인다. 자신의 자아를 변화시키고 어떠한 일이든 할 수 있게 만들어낸다. 그렇기에 이미 선언을 하는 순간 우리는 그 일을 이루어낼 수 있다. 중요한 것은 미래형으로 하는 것이 아니라 완성형으로 하는 것이다. 이미 이루어진 과거처럼 선언해야 효과가 확실해진다. 너무나 생생하게 선언해서 현실과 분간이 안 갈 정도로 이야기해야 한다.

나 역시 선언을 통해 잠재의식을 매일 깨워냈다. 잠재의식을 움직이기 위해 매일 시행했던 일이 있다. 바로 아침마다 거울을 보며 성공 확신을 외치는 것이다. 이 작업은 처음에는 참 머쓱하다. 나의 눈을 똑바로 바라보는 일 자체가 자존감이 없으면 불가능한 일이기 때문이다. 나는 유명 인터넷 강사의 강의를 보며 그들의 모습을 시각화했다. 그리고 매일 아침 거울을 보며 외쳤다.

"나는 대한민국 1등 수학 강사다. 나는 억대 연봉을 버는 수학 강사다."

가끔 침체기에 빠질수록 슬럼프가 올수록 더욱 자주 실행했다. 거울 앞에서 선언하는 것을 빠뜨린 날에는 자동차를 타고 이동하며 크게 외쳤다. 어차피 차에 타면 그곳은 나만의 공간이었으니 창피할 일도 없었다. 성공 확신을 외치는 것뿐 아니라, 매일 풀이하는 수학

노트에도 나만의 확신을 적어나갔다. 한두 번이 아니라 열 번 스무 번이 넘어갈수록 효과는 강력했다.

'대한민국 1등 수학 강사, 억대 연봉 수학 강사 허갑재'

수없이 나만의 성공 확신을 반복해서 선언하고 적어나갔다. 적으면 이루어지는 버킷리스트의 위력이라고 했던가. 나는 이를 실제로 반복하고 선언했다. 그리고 실제로 그렇게 이루어낼 수 있었다.

생각해보면 대기업을 퇴사하고 학원에서 강사 생활을 시작한 것 자체가 나에게는 기적이다. 안정적인 월급의 굴레에서 벗어나 진짜 나만의 일을 찾았기 때문이다. 학원에 들어와서 나의 첫 월급은 고작 이백만 원에 불과했다. 거기에 세금을 떼고 나면 정말 남는 게 없었다. 그런 와중에서도 나는 나의 성공을 의심치 않았다. 한두 달이 지나고 나의 담당 학생 수는 폭발적으로 증가했고, 나는 결국 연봉을 인상하는 계약서까지 다시 쓸 수 있었다. 내가 그리던 억대 연봉을 달성한 것이다. 모든 것은 내가 상상하고 계획했던 일이었다. 그리고 내가 선언한 일이었다. 기적은 그렇게 만들어졌다.

당신이 일등 강사가 되고 싶다면 오만할 정도로 높고 큰 꿈을 가져라. 당신이 이 세상에 온 이유는 절대 사소하지 않다. 보통의 강사로 그저 그런 삶을 살다가 가는 것이 당신의 존재 이유가 아니다. 지금 현재 상황이 어떠하든지 상관없다. 월급을 이백만 원도 채 받지 못해도 괜찮다. 당신이 일등이 되겠다고 선언을 하는 순간 이미 이루어진다. 물론 선언한 내용이 바로 이루어지지 않을 수는 있다. 선언한 내용이 우주에 전파되고 이루어지기까지는 시간이 걸리기 때문이다. 성공할 것이 확실한데 그 시간조차 견디지 못할 이유는 없다. 나 또한 선언의 힘을 통해 지금의 자리를 만들었다. 이제는 학원의 최고 인기 강사를 넘어, 지역의 1등 스타, 대한민국의 일등 강사가 되는 것이 목표이다. 나는 다시금 이 글을 통해 선언한다.

'나는 대한민국 일등 강사이다. 그리고 이 글을 읽는 강사들을 모두 일등으로 만들 것이다.'

02 1등 수학 강사는 '한 끗' 차이다

　내가 코오롱에 근무하던 시절, 나의 부서 팀장님은 정말 무서웠다. 신입사원이던 나는 무슨 일을 하든 팀장님께 항상 혼이 나곤 했다. 어떤 업무를 내 나름대로 마무리하면 퇴짜를 맞는 것도 일쑤였다. 하루는 고심 끝에 만들어 간 자료를 결재받기 위해 팀장님께 보고 드린 적이 있다. 자료에는 내가 보지 못한 수치 하나가 잘못 기재되어있었다. 단가의 숫자 하나가 오타였지만, 연간 금액으로는 몇억을 좌우하는 큰 금액이었다. 나는 그날 정말 살면서 가장 크게 깨진 것 같다. "그따위로 할 거면 사표 쓸 준비해."라는 말씀까지 들을 정도였으니, 어느 정도인지 짐작이 갈 것이다.

　하지만 달리 방도가 없었다. 홧김에 다 그만두고 싶었지만 살아남아야 했다. 수치 하나를 잘못 쓴 것은 결국 전체를 망쳐버리는 것과 같았다. 중요한 것은 디테일이다. 나는 디테일을 챙겨 반드시 살아남을 수 있는 결재를 받기로 결심했다. 무슨 업무를 하든 다각도로 분석을 하고 들어간 것이다. 관점에 따라 결재를 받을 수도 못 받을 수도 있었기 때문이다. 다시는 퇴짜를 맞기 싫은 마음에 악에 받쳐 업무에 집중했다.

그렇게 몇 날 며칠을 분석하고 만든 자료를 가지고 들어가자, 처음으로 팀장님께서 아무 말씀이 없으셨다. 그냥 조용히 고개만 끄덕이시는데 심장이 수만 번은 쿵쾅거린 느낌이다. 그날 팀장님은 나에게 술잔을 기울이시며 이렇게 말씀하셨다. "갑재야, 너무 잘하고 있다. 그렇게 하면 된다." 이 말을 듣고 집에 돌아오는 길에 얼마나 눈물이 흘렀는지 모른다. '나는 왜 안 될까'라는 생각이, '이제 나도 된다!'는 희망으로 바뀐 순간이었다.

물론 이 일 이후로 내가 항상 칭찬만 받은 것은 아니다. 이후로도 나는 숱하게 팀장님께 깨졌다. 하루는 정장 복장이 관례인 회사에 흰 셔츠가 아닌 격자 무늬가 있는 셔츠를 입고 간 적이 있다. 또다시 된통 깨졌다. '너무 어둡고 신뢰감을 주지 못하는 셔츠'를 입었다는 것이었다. 나는 내심 나의 패션 세계를 이해하지 못하는 팀장님이 야속했지만 어쩔 수 없었다. 팀장님은 그렇게 옷차림에서도 디테일을 중시하셨다. 생각해보면 모든 일은 디테일이 중요했다. 문서상의 수치는 물론, 보이는 모습까지 모든 것이 디테일이었다.

어찌 보면 나는 나의 팀장님께 배운 것을 행운으로 여긴다. 강사가 되고 나서는 더더욱 디테일이 모든 것을 결정했다. 회사원이던 시절에는 부서가 팀으로 움직여 개인의 실수가 상쇄되는 것처럼 보일 때가 있다. 하지만 강사는 개인의 행동 자체로 모든 것이 대변된다. 디테일을 포기한다는 것은 강사의 모든 것을 포기하는 것과 같다.

흰 셔츠를 입지 않아 된통 혼이 났듯이 옷차림은 매우 중요한 요소이다. 나는 사실 옷을 잘 입는 것과는 거리가 멀다. 그저 인터넷 쇼핑몰을 보며 베스트셀러 옷을 찾을 뿐이었다. 지금 생각해보면 흔히 말하는 '공대생 패션'을 입고 다니던 사람이 나이다. 체크무늬 셔츠에 백 팩을 멘 부스스한 모습 말이다. 그러한 패션 감각을 지니고 있었으니 사회생활을 하면서도 옷차림은 크게 나아지지 않았다. 나의 변화는 디자인을 전공한 여자 친구의 조언으로부터 시작되었다.

하루는 내가 여자 친구를 만나기 위해 '올 체크 정장'을 입고 나간 적이 있다. 내 딴에는 정말 멋을 내고 나갔다고 생각했지만 여자 친구는 가차 없이 나의 옷차림을 지적해댔다. 앞으로는 '체크가 아닌 단색 톤으로 정돈된 느낌을 주라는 것'이었다. 그녀는 굉장히 직설적인 사람이었다. 하지만 나는 디자인을 전공한 그녀의 조언을 듣기로 했다. 아무래도 전문 디자이너가 하는 말이니 괜한 이야기는 하지 않을 것이라 생각했다. 그녀는 나의 얼굴 톤에 맞는 옷차림을 선별해주고 구두와 지갑, 심지어는 향수까지 선물해줬다. 디자이너 여자 친구가 시키는 대로 옷을 입자 새로운 사람이 된 느낌이었다.

옷이 날개라고 했던가. 그렇게 옷차림을 달리하고 학원에 출근하자 몸가짐이 달라졌다. 과거의 나는 강의를 하며 슬리퍼를 직직 끌고 다니기도 했다. 무조건 편한 것이 전부라고 생각한 것이다. 하지만 옷차림은 마음가짐을 반영한다. 옷차림을 달리하자 학생들을 대하는 태도 자체도 정갈해질 수밖에 없었다.

나의 옷차림이 달라지자 마음가짐뿐 아니라 학생들의 반응도 확연히 달라졌다. 특히 이러한 반응은 여학생들에게서 더욱 민감하게 느낄 수 있다. 나의 머리 모양, 옷차림, 그리고 느껴지는 향에서 반응이 크게 온 것이다. 자신들의 외모에 관심이 가장 많을 때이니 그런 생각을 할 수밖에 없다. 심지어는 옆 반의 어느 여학생은 나에게 잘 생겼다는 이야기를 서슴없이 하기도 했다. 삼십 년 가까이 못생겼다는 이야기를 듣고 살아온 나에게는 정말 기분 좋은 이야기였다. 잘생기고 예쁘다는 칭찬을 싫어할 사람은 없을 것이다. 이만큼 옷차림에 대한 피드백은 놀라울 정도로 빠르게 왔다.

어찌 보면 당연한 이야기였다. 보이는 면은 이만큼 중요하다. 만약 우리가 특급 호텔에 갔는데 호텔리어가 좋지 않은 모양새로 있다면 우리는 무슨 생각이 들까? 그 호텔리어가 당신에게 "내면이 외면보다 중요하니 옷차림은 신경쓰지 않았습니다."라고 이야기한다면 황당하지 않겠는가? 그렇다. 내면만큼 외면도 중요하다. 이것을 좌우하는 것은 당신의 디테일이다. '드레스코드'도 놓쳐서는 안될 중요한 디테일이다.

　일등 강사는 모든 부분에 대해서 디테일을 강조해야 한다. 비단 옷차림을 제외하고서라도 말이다. 나는 디테일이 강사의 모든 것을 좌우한다는 깨달음을 얻고 난 이후로 단 하나도 허투루 할 수 없었다. 숙제를 열심히 해오는 학생에게 지금처럼 열심히 해주기를 격려하는 것, 시험을 잘 본 학생에게 제대로 포상하는 것, 혹은 시험을 못 본 학생에게도 응원의 메시지를 남기는 것, 모든 것들이 내가 챙겨야할 행동이었다. 이러한 행동을 하면서 작은 선물들을 주는 것은 절대 돈을 아까워할 일이 아니다. 나는 이렇게 학생들을 격려하는 데도 차별점을 두었다.

　무엇보다 중요한 것은 '실행'이었다. 아무리 멋진 계획이 있어도 실행 없이는 수포가 된다. 다이어트와 영어시장이 망하지 않는 이유는 이를 실행하는 사람들의 실행력이 언제나 일정 수준에 다다르지 못하기 때문이다. 다이어트와 영어 공부에는 특별한 계획이나 비법이 필요한 것이 아니다. 일등 수학 강사가 되는 방법도 마찬가지이다. 중요한 것은 실행력이다. 무언가를 완벽히 해내려는 거창한 계획표가 필요한 것이 아니라, 당장 무언가라도 하려는 실행력이 훨씬 더 중요하다.

나는 최고의 강사가 되고 싶었다. 당연히 완벽한 수업준비가 필요했다. 하지만 완벽한 수업을 준비해야겠다는 마음가짐만으로는 부족하다. 단 삼십 분이라도 실제로 수업을 준비하는 실행력이 더 중요다. 나는 반드시 퇴근 후에 학원에 남거나 카페로 향해 수업을 준비했다. 조금 더 멋진 문제 풀이를 준비하기 위해서이다. 시험 기간에는 학교별로 상이한 교과서와 기출문제를 토대로 예상 문제집을 만들었다. 물론 기존의 교재로 수업을 해도 지장은 없었을 것이다. 하지만 나의 수업을 듣는 학생들에게 그저 그런 수업을 준비해주고 싶지는 않았다. 나의 수업을 듣는 학생들에게 나의 '한 끗'을 보여주고 싶었다. 결국, 이러한 디테일은 실행력의 도움 없이는 이루어질 수 없다. 백 마디 말보다 한 시간의 실행이 더욱 위대한 이유이다.

'나비효과'라는 말을 들어보았을 것이다. 한 마리 나비의 날갯짓이 지구 반대편의 토네이도를 불러일으킨다는 데서 유래되었다. 이만큼 당신이 오늘 한 시간을 어떻게 보내느냐는 당신의 강사 인생에 엄청난 나비효과를 불러일으킬 것이다. 굳이 완벽하게 준비하려고 하지 않아도 좋다. 멋진 문제 풀이, 완벽한 입담, 패션 감각에 문제없는 드레스코드 등 모든 것이 한꺼번에 갖춰질 수는 없다. 중요한 것은 당신이 오늘 어떻게 실행하리라 마음 먹었는가이다. 아주 작은 것부터라도 실행해보자. 일등 강사가 되기 위한 나비의 날갯짓이 지금 시작될지 모른다.

03 자신을 제대로 브랜딩하라

나는 대학교 졸업반이던 시절, 친구들과 열심히 취업을 준비했다. 친구들과 삼삼오오 기업별 면접 자료를 훑어보며 밤을 지새우곤했다. 가끔 대기업에 취업한 선배들이 학교에 오는 날은 선배들이 정말 부럽게 느껴졌다. 삼백만 원이 넘는 월급을 받으며 안정적인 삶을 살아가는 모습이 멋지게 느껴졌다. 나는 친구들과 취업 공부를 하다가 힘이 들면, 항상 술잔을 기울였다. 학교 근처의 술집에서 값싼 오뎅탕을 하나 시켜놓고 떠들면 시간이 가는 줄 몰랐다. 가끔 선배들이 우리를 발견 할 때면 그들은 개선장군이라도 된 듯이 우리의 술값을 계산하고 나갔다. 우리는 구십도로 인사를 하며 감사 인사를 표했다. 선배들의 모습이 그렇게 멋있어보일 수 없었다.

나도 선배들처럼 대기업에 가고 싶었다. 하지만 얼어붙은 취업 시장은 절대 쉽지 않았다. 처음에는 넣는 서류마다 족족 떨어졌다. 그럴 때마다 친구들과 나는 항상 담배에 불을 붙이며 소원을 빌었다.

"아 진짜 삼성만 가면 소원이 없겠다." "어디라도 붙여주면 진짜 소원이 없겠다."

우리는 그렇게 간절하게 '어디라도 붙기를' 바랐다. 신이 우리를 버리지 않았던 것일까. 결국, 나를 포함한 대학 동기들은 모두 대기업과 공기업에 합격했다. 심지어는 공무원에 합격한 친구도 있었다. 우리는 모두 합격 소식에 한동안 행복했다. 실제로 회사에 첫 출근을 하는 날 전까지는 말이다.

실제로 회사에 입사하여 단 몇 개월이 지나자 친구들에게도 입질이 왔다. 모두의 부러움을 한 번에 사며 S 모 기업에 합격한 친구가 돌연 퇴사를 한 것이 시작이었다. 처음에는 엄청난 대기업에 입사하여 부러움을 한 몸에 산 친구였다. 그런데 이제와서 생각해보니 멋지게 퇴사를 하는 그 친구가 부럽게 느껴졌다. 회사에 남아있는 친구들은 각자 깊은 고민에 빠진 채 "월급을 주니까 다니는 거지"라는 이야기로 일관했다. 매일 반복되는 회식과 이유 없는 상사의 갈굼에 힘들다는 친구도 많았다. 무엇보다 자존감이 무너진 친구들이 많았다. 대학생 시절에는 학과에서 과 수석을 하던 친구의 자존감은 온데간데없었다. 그렇게 우리의 꿈이던 대기업은 저마다에게 인생의 해법을 제시해주지 못했다.

회사에 입사해보니 세상은 그렇게 장밋빛이 아니었다. 그렇다. 회사는 나의 인생을 책임지지 않았다. 이것은 나만 느낀 것이 아니었다. 내가 들어간 회사가 대기업일 뿐, 나 스스로가 대기업과 같은 큰 그림을 그릴 수 있는 것이 아니었다. 나와 회사는 분명히 나와 분리된 객체였다. 이것은 전문직을 가진 사람일지라도 마찬가지이다. 중요한 것은 그 회사의 이름표와 명함을 버리고 자신의 이름으로 살아갈 수 있느냐 하는 것이다.

　회사와 나는 철저히 '비즈니스 관계'였다. 나는 회사의 브랜드로 살아갈 수 없다. 회사에 속박된 순간 영원히 회사의 구속에서 벗어날 수 없다. 경제적으로 많은 부를 쌓더라도 완벽한 자유를 얻기 힘들다. 스스로 행동할 수 있는 자유가 없기 때문이다. 결국, 개인으로 바로 서는 날까지 완벽한 자유란 있을 수 없는 것이다. 이러한 자유를 얻기 위해 나는 '나' 자신의 브랜드가 필요했다.

　나는 그렇게 대기업을 박차고 나왔다. 그리고 내가 가장 하고 싶었던 수학 강사가 되었다. 수학 강사가 되어서도 개인 브랜딩에 대한 필요성을 크게 느끼지는 못했다. 그저 아주 큰 학원에서 소속된 채 살아가는 것만이 좋을 것으로 생각했을 뿐이다. '대기업 마인드'를 버리지 못한 것이다. 내가 생각하던 대기업은 그런 막연한 안정감을 주었다. 최소한 '부자집에서 망하지는 않을 것'이라는 막연한 안정감 말이다. 나는 그러한 허울을 떨쳐내지 못한 채 살아왔다. 학원조차도 그저 큰 학원, 시스템을 배울 수 있는 학원에 속하길 바랐다.

물론 내 생각이 틀린 생각은 아니었다. 큰 학원에 들어가게 되자 그들이 이미 구축한 시스템을 배우기엔 좋았다. 하지만 이것만으로는 부족했다. 나는 시스템의 톱니바퀴가 아닌 엔진이 되어야 했다. 시스템의 엔진이 되기 위해서는 반드시 나만의 브랜딩이 필요했다.

나는 나의 브랜딩을 위해 나만의 시스템을 구축해야겠다고 생각했다. 학생들의 점수 향상을 위해 매일 일일 테스트를 진행했고, 숙제검사를 진행했다. 숙제검사를 위한 노트는 나의 사비를 들여 만들었다. 나만의 캐릭터를 만들고 학생들을 위한 캐치프레이즈를 넣었다. 그리고 노트의 페이지마다 나의 연락처를 적어 연락할 수 있도록 했다. 학생들에게 나의 모습을 브랜딩하기 위함이었다. 숙제 노트는 학생들에게 나의 브랜드를 알릴 수 있는 중요한 요소였다.

숙제를 열심히 한 학생들을 위해서는 나의 캐릭터가 담긴 칭찬카드를 나눠주었다. 숙제를 열심히 하면 칭찬카드를 나눠주고 월말에는 이를 토대로 문화상품권으로 교환해준 것이다. 이것은 절대 낭비가 아니다. 이를 통해 나의 상품 가치를 제대로 알릴 수 있었으니 말이다. 실제로 이를 통해 자신의 학교 친구를 학원에 데려온 학생들도 많았다. 수학 강사도 자신을 세일즈 해야 했다. 이것이 일인 기업의 정신이다. 하지만 오프라인에 한정된 마케팅으로는 분명히 한계가 있었다. 나의 브랜드 자체가 도달할 수 있는 거리는 나의 학생들의 친구들뿐이었기 때문이다. 폭발적으로 성장하기 위해선 그 너머의 세계가 필요했다. 나는 그렇게 '책 쓰기'에 도전했다.

나는 사실 책 쓰기에 두려움이 있었다. 많은 사람이 이 '두려움' 때문에 글쓰기를 시작하지 못한다. 나 역시 마찬가지였다. 하지만 〈한국책쓰기·성공학코칭협회(이하 한책협)〉을 만나고 나의 생각을 완벽히 바꿀 수 있었다. 그곳에서 배운 책쓰기는 내가 생각하던 어려운 작업이 아니었다. 아주 쉽고 간단했다 그렇게 나는 수학을 가르치는 강사이자 동시에 작가가 되었다. 어찌 보면 극과 극을 대표하는 직업을 동시에 가지게 된 것이다. 이를 통해 나는 내 생각을 많은 사람에게 알리는 하나의 브랜드를 만들어 낼 수 있었다.

책 이외에도 SNS 역시 브랜딩의 역할을 하는데 한몫을 톡톡히 했다. 나는 이전부터 SNS와 블로그를 꾸준히 해오고 있다. 하지만 나의 일상에 대한 이야기를 주로 다뤘기에 한계가 명확한 블로그였다. 그저 지인들에게 재밌는 이야기를 전파하는 데에 주로 쓰였을 뿐이다. 하지만 책을 쓰는 순간부터 방향을 달리하기로 마음먹었다. 철저히 나의 이야기를 알리고 나를 세일즈하는 데 중점을 둔 것이다. 내가 생각하는 신념들, 그리고 나의 교육철학들을 토대로 글을 써나갔다.

결과는 대성공이었다. 수학을 가르치던 나를 굳이 홍보하지 않아도 나를 찾는 사람이 많아진 것이다. 내가 운영하는 네이버 카페에 와서 정보를 얻는 사람, 나에게 강의법을 배우고 싶다는 사람도 많아진 것이다. 이렇게 SNS의 힘은 엄청났다. 나를 팔지 않아도 저절로 팔리는 시스템은 SNS에 있었다.

당신의 실력만으로 브랜드가 구축되는 시대는 지났다. '당신을 얼마나 세일즈 하느냐'가 중요한 시대인 것이다. 반고흐는 생전에 이백여 점이 넘는 그림을 그렸지만 실제로 팔린 것은 단 한 점뿐이라고 한다. 정말 충격적이지 않은가. 이백여 점이 넘는 그림을 그렸다는 것은 그의 성실성에 아무 문제가 없다는 것을 누구나 공감할 것이다. 그런데 왜 팔린 그림은 단 한 점에 불과했을까? 그의 세일즈 능력에 문제가 있었기 때문이다. 그를 세일즈 하기 위해 중요한 것은 그 만의 브랜드였다.

노력만으로 인정받는 시대는 저물었다. 이제 당신도 당신을 세일즈해야 한다. 당신이 수학 강사여도 마찬가지이다. 당신만의 브랜드를 구축하여 당신의 교육사업을 판매하라. 이제 당신도 본격적인 세일즈의 시대에 뛰어들어야 한다.

04 단순히 가르치는 것을 넘어 소통하는 강사가 되라

11년 만에 남북 정상 회담이 열렸다. 절대 말이 통할 것 같지 않았던 김정은 위원장이 문재인 대통령과 악수를 나눴다. 문재인 대통령과 김정은 위원장이 손을 맞잡고 잠시나마 '월경'을 하던 순간에는 온몸에 전율이 일었다. 현재 북한은 실제로 핵시설을 폐기하는 모습을 보여주고 있다. '핵 폐기'에 대한 적극적인 입장을 피력하는 것이다. 또한 '판문점 선언'에는 남북한 종전에 관한 내용까지 담겨있어, 올해 남북 종전선언이 실제로 이루어질지 귀추가 주목된다.

물론 이에 대한 저마다의 해석은 분분하다. 정치성향이나 시각에 따라 긍정적인 의견도 있지만, 부정적인 의견도 있다. 하지만 나는 이념이나 정치 이야기를 하려는 것이 아니다. 적어도 이러한 '대화의 장'을 만들어낸 문재인 대통령에게는 엄청난 소통의 능력이 있다고 생각한다. 이러한 소통능력은 세계의 박수를 받기에 충분하다. 적어도 문재인 대통령은 훌륭한 소통가의 면모를 여지 없이 보여주었다.

수학 강사는 늘 아이들과 소통의 일선에 서야 하는 직업이다. 학생들과 '대치'하기도 하며 '협상'하기도 하며, 그리고 '화합'하기도 한다. 강사와 학생의 관계가 마치 '남북한 관계'와 다른 바 없는 것이다. 꾸준히 숙제를 거르며 매번 지각을 일삼는 학생들과 강사는 주로 대치 상황에 이른다. 마치 남북한이 군사경계선에서 서로에게 총부리를 겨누듯 말이다. 이러한 학생들은 정말 한결 같다. 꾸준히 압박하고 때로는 협박해도 쉽사리 변하지 않는다. 마치 '절대 핵을 포기하지 않으려는 북한'처럼 느껴지기도 한다.

나의 동료 학원 강사 중 한 명인 K는 이런 일로 엄청난 골머리를 앓았다. K 강사의 학생들이 정말 제멋대로였다. 그중 한 명은 가끔 핸드폰을 꺼두고 연락 두절이 되기도 했다. 하지만 그 누구도 비교할 수 없는 학생이 한 명 있었다. 그 학생은 내가 봐도 정말 고집불통이었다. 그저 숙제나 안 해오는 정도면 다행이었다. 수업시간에는 공기가 답답하다며 중간에 나와 있는 모습을 여러 번 목격하기도 했다. K 강사가 이 학생을 아무리 달래도 소용이 없었다. 내가 봐도 안타까웠다. K 강사는 항상 수업이 마무리되면 울분을 토해냈다. 이런 학생들 때문에 너무 짜증이 난다는 것이었다. 물론 K 강사가 이해가 안 가는 것은 아니었다. 강사의 마음대로 따라주지 않는 학생들에 화가 날 법도 했다. 하지만 내 생각은 조금 달랐다. 냉정하게 들릴지 모르지만, 더 큰 문제는 강사에게 있었다.

K 강사의 수업의 방식은 너무 강압적이었다. '숙제해오지 않으면', '지각을 하게 되면'에 대한 조건문이 많았다. 심리학에서 말하는 '회피요인', 흔히 말하는 '협박'이 주였다. 강압과 협박으로는 어떠한 결과도 만들어낼 수 없다. 이전의 정권이 '강경책'으로 북한의 '핵 포기'를 성공하지 못했듯이 말이다.

나 역시 학생들과의 소통이 처음부터 쉬웠던 것은 아니다. 학생들이 마냥 놀고 싶다며 떼를 쓸 때는 일차원적인 강압과 협박을 사용하기도 했다. 영화 《말죽거리 잔혹사》에 나오는 선생님처럼 강력하고 구시대적인 협박이 답일 것이라 착각한 적도 있다. 하지만 우리의 학생들은 그렇게 단순한 존재들이 아니다. 혼내고 야단쳐봐야 결국엔 하루 이틀일 뿐 평소대로 돌아가기를 반복한다.

내가 고등학생이던 시절, 나는 영어 수업시간에 정말 열심히 참여했다. 새로 부임한 영어 선생님이 워낙 미인이었던 이유도 있었지만, 그 영어 선생님은 엄청난 동기부여가였다. 내가 영어 리스닝을 하며 들은 대로 다시 중얼거리면 영어 선생님은 나에게 이렇게 이야기하셨다.

"얘들아, 갑재를 봐. 저게 바로 동시 통역사들이 영어를 연습하는 섀도잉(Shadowing)이라는 방법이야. 너희도 갑재를 좀 본받아."

처음에는 낯이 부끄럽기도 했지만 이렇게 띄워주자 기분이 나쁘지는 않았다. 자연스레 영어 선생님이 시키는 과제를 무조건 해갔음은 물론이다. 조금 더 칭찬을 받고 싶은 욕망마저 생겼다. 그렇게 적극적으로 영어 수업에 참여하다 보니 내 영어 성적은 당연히 전교에서 제일 좋았고, 어느 시점부터는 영어 부장을 맡고 있었다. 수업시간마다 카세트 테이프를 챙기러 다니는데도 귀찮은 줄 모르고 한 것이다. 영어 선생님의 소통능력에는 이러한 힘이 있었다. 나 역시 강사 생활을 하며 그 당시 영어 선생님께 배운 기술을 적극적으로 활용하기로 마음먹었다.

내가 느낀 소통의 구체적인 방법은 크게 세 가지이다.

첫째, 가장 일반적인 소통방법이다. 학생들에게 '직접 표현'하는 것이다. '지시'하는 것으로 생각해도 좋다. 예를 들면 '몇 쪽까지 풀어라', '숙제해 와라', '늦지 마라'와 같은 것들이 일반적이다. 이것은 누구나 알고 있는 것이며 당연히 필요한 방법이다. 소통의 과정에 직접적인 표현을 쓸 수 없다면 정말 힘들어질 것이다. 하지만 누구나 경험했듯이 직접적인 표현만으로는 해결이 안되는 경우가 많다. 직접적인 표현으로 소통이 되는 대상은 소통의 문제가 없는 경우이다.

둘째, 듣는 이의 기분을 파악하며 이야기하는 것이다. 학생들은 매일의 기분 상태가 다르다. '강사가 학생들의 기분까지 맞춰줘야 하나?'라는 생각을 할 수도 있다. 우리가 학생일 시절에도 선생님의 눈치를 본 적은 있지만 반대의 경우는 많지 않기 때문이다. 강사가 자신보다 아랫사람인 학생의 눈치를 본다는 것이 어찌 보면 어색하게 느껴지기도 한다. 하지만 이는 반드시 필요한 과정이다. 소통은 '옳거나 그름'을 따지는 것이 아니다. 듣는 이의 기분을 헤아리지 않고 막무가내로 지시하는 것은 역효과를 일으키기 쉽다. 말을 할 때도 항상 '타이밍'을 봐야만 한다.

셋째, 듣는 이의 기분을 '먼저 좋게 만드는 것'이다. 두 번째의 경우처럼 듣는 이의 기분에 따라 '타이밍'을 보는 것은 아주 좋다. 하지만 계속 학생의 기분이 안 좋은 상태라면 어떻게 할 것인가? 학생이 기분이 좋지 않으니 그대로 놀게 놔둘 것인가? 그것은 그저 학생의 눈치만 보는 강사에 지나지 않는다. 이러한 경우엔 세 번째 방법을 사용한다.

학생들에게 사소한 칭찬을 하고 시작하는 수업과 그렇지 않은 수업은 분위기에서 엄청난 차이를 보인다. 학생들에게 칭찬을 하는 것은 학생에 관한 관심을 의미한다. 이것을 통해 학생은 최소한 관심을 받았다는 기분을 느끼게 된다. 이러한 과정이 있고 나서의 공부는 질적으로 달라질 수밖에 없다. 강사가 숙제를 시키든 문제를 풀게 하든 이미 '이야기를 들을 자세'가 되어있기 때문이다. 마치 고등학생 시절의 내가 자진하여 영어 수업 부장이 되었듯이 말이다. '칭찬은 돌고래도 춤추게 한다'라고 하지 않던가?

단순히 학생들에게 칭찬 한마디를 건네는 것부터 훌륭한 소통의 시발점이 될 수 있다. 어려울 것 같지만 소통 역시 하나의 기술이다. 제대로 배우고 연습하면, 어렵지 않게 적용할 수 있다. 그리고 이는 강사를 위한 엄청난 무기로 발전한다.

수학 강사는 학생들과 항상 소통의 최일선에 서야 하는 직업이다. 수학을 가르치는 것만으로는 절대 학생들을 움직일 수 없다. 결국, 공부는 학생들이 본인 스스로 하는 것이다. 스스로 움직이게 만드는 힘은 절대 강압이나 협박에서 나오지 않는다. 이를 위해서는 강사의 훌륭한 소통능력이 필요하다. 김정은 위원장과의 악수를 만들어 낸 것은 문재인 대통령의 따뜻한 미소였다. 당신에게도 이러한 소통의 기술이 있는가? 이것은 당신에게 멋진 무기가 될 것이다.

꿈에 대하여 05 동기부여하는 강사가 되라

나는 수학 강사이다. 하지만 아이러니하게도 중고학생 시절에는 영어 과목을 정말 좋아했다. 막연히 영어 과목을 좋아해서 외국어고 등학교에 진학하게 되었고, 영어 과목은 학창시절 내내 나의 전략 과목이었다. 그러던 와중 우연히 '동시 통역사'에 대한 책을 접했다. 영어라는 언어로 국제회의를 번역한다는 사실이 정말 멋져 보였다. 그렇게 나는 통역사에 대한 꿈을 막연하게 키워나갔다.

하지만 외국어 고등학교를 자퇴하고 이내 꿈은 사그라들었다. 외고마저 자퇴한 마당에, 나에게 불가능한 꿈이라 생각했기 때문이다. 나는 그 당시 유행하던 《하얀거탑》을 보고 다시 의사의 꿈이 생겼다. 하지만 대부분이 그렇듯이 나 역시 높디높은 의대 입시의 벽을 넘지 못했다. 의대의 입학 점수는 정말 상상을 초월할 정도로 높았다. 그렇게 두 번째 꿈 역시 수포로 돌아갔다.

나의 꿈은 정말 자주 바뀌곤 했다. '왜 이렇게 자주 바뀔까'라는 고민도 해봤다. 하지만 나름대로 나의 꿈들에 공통점은 있었다. 바로 '멋지게 살고 싶다'라는 생각이었다. 그 생각만큼은 어떠한 꿈에서도 변함없이 한결 같았다.

그렇다. 나는 아주 멋지게 살고 싶었다. 나의 꿈은 바로 그것이었다. 되고 싶은 직업은 시간이 지남에 따라 바뀌었지만 멋지게 살고 싶은 소망만큼은 바뀌지 않은 것이다. 나의 꿈은 어떠한 직업이 아닌 '멋지게 사는 것'이었다. 그러나 어떻게해야 멋지게 해야 멋지게 살 수 있을지 너무나도 막연했다.

한 프로그램에서는 '사람이 나이가 드는 과정'에 대해 설명하며 이렇게 얘기했다. 누군가가 '꿈이 무엇이냐'라고 물었을 때 너털웃음이 나오고, 뾰족한 답이 생각나지 않으면 나이가 든 것이라 이야기했다. 누구나 어릴 때는 과학자나 대통령 같은 멋진 꿈을 꾸지만, 나이가 들면서 세상에 찌들어간다는 것이었다. 그렇게 나이가 들면 꿈을 자신도 모르게 잃어간다는 내용이었다. 나는 내용에 전적으로 공감했다. 하지만 답답한 마음뿐이었다. 나의 꿈을 이루고 싶었지만, 누구도 제대로 알려주지 않았기 때문이다.

이것은 수학 강사 일을 시작하고 나서도 풀리지 않는 숙제였다.

강사 생활을 시작하고 몇 개월이 지나자 나 역시 쳇바퀴와 같은 일상에 적응해갔다. 매너리즘에 빠진 것이다. 멋지게 살고자 하는 나의 소망과는 거리가 멀어진 채 하루를 보내고 있었다. 강사 생활 초반에 타올랐던 나의 불꽃은 언제 꺼질지 모르는 촛불처럼 느껴졌다. 학원계에 몸을 담고 있는 친구 녀석은 나에게 이렇게 이야기했다.

"우리는 언젠가는 꺼질 불꽃이야. 너도 마찬가지야."

인정하기 싫었다. 하지만 틀린 이야기는 아니었다. 나는 나의 강의력이 두려웠던 것이 아니다. 다만 언제 꺼질지 모르는 나의 열정이 두려웠다. 꿈에 대한 명확한 방향이 정해지지 않은 열정은 언젠간 꺼져버릴 것 같았다.

그러던 와중, 나의 스승인 김홍석 강사는 나에게 책 쓰기 수업을 추천해주었다. 처음에 추천을 받고는 딱히 관심이 생기지 않은 것이 사실이다. 하지만 곰곰이 생각해보자 굉장히 재미가 있어 보였다. 작가가 되고 싶다는 생각보다는 나만의 강의 기술과 나의 존재를 누군가에게 알리고 싶었기 때문이다. 그것이 나의 꿈을 이루는 방법과 가장 닮아있다고 느꼈다. 나는 그렇게 책 쓰기를 시작했다.

책 쓰기를 하며, 나는 '나'라는 사람에 대해 제대로 알 수 있는 기회를 얻었다. 나는 항상 나에게 '꿈이 무엇이냐'라고 묻고 있었을 뿐 '내가 누구인지'는 모르고 살아 온 것이다. 흰 백지를 편 채, 내가 누구인지 하나하나 적어 내려갔다. 내가 어떻게 살아왔는지, 내가 가지고 싶은 것은 무엇인지 하나하나 적어 내려갔다. 중요한 것은 아주 솔직하게 적어 내려갔다는 것이다. 부자가 되고 싶다면 부자가 되고 싶다고 적었고, 심지어는 벤츠를 가지고 싶다고도 적었다. 나만의 버킷리스트를 만든 것이다. 나에 대한 솔직한 분석 없이는 동기부여도 불가능하다.

학생들은 가끔 자신이 무엇을 해야 할지 모르겠다고 나에게 하소연한다. 사실 모르는 것이 당연하다. 기껏해야 고등학생인 청소년들이 앞으로 어떻게 살아야 할지 어떻게 알 수 있단 말인가? 학생들은 기껏해야 학교와 학원, 그리고 주변 친구들이 보아온 인생의 전부이다. 나 역시 중학생 때부터 여러가지 직업을 가지고 싶었지만 결국은 끝없이 변화한 것을 보면 알 수 있지 않은가. 나는 학생들에게 항상 이렇게 조언한다. '꿈은 직업으로 정의되는 것이 아니다.'라고 말이다.

'문과를 갈지 이과를 갈지 고민'이라는 질문은 수도 없이 들어보았다. 그만큼 학생들의 단골 질문이다. 나는 학생들에게 대답한다. '큰 의미가 없는 고민'이라고 말이다. 굳이 결정하고 싶다면, 수학 쪽에 자신이 있으면 이과를 가면 되고, 정말 죽어도 수학이 싫은 사람은 문과에 가라고 이야기한다. 어느 정도의 사회적 분위기를 반영한 흐름만 이야기해주는 것이다. 즉, 결론은 문과든 이과이든 어디를 가는지는 중요하지 않다는 것이다.

다시 한번 이야기하지만, 문과와 이과를 선택하는 것은 자신의 꿈을 이루는 것과 크게 관련이 없다. 나는 여러 가지 사례를 통해 학생들의 선택을 도와줄 뿐이다. 문과로 진학해서 살아가는 케이스, 이과로 진학해서 살아가는 케이스들을 말이다. 물론 내가 보고 들은 이야기이거나 내 주변 사람들의 이야기이다. 이 이야기를 들으면 학생들의 표정은 급격히 어두워진다. 어느 곳을 가도 희망이 없어 보인다는 것이다.

정말 그렇다. 심지어는 서울대에 합격한다고 해서 '인생이 피는 것'도 아니다. 그것은 옛날이야기에 불과하다. 그만큼 사회는 다원화되었고, 성공하는 방법도 다양해졌다. 학생들의 꿈이 의사나 변호사 혹은 공무원으로 한정될 수 없는 이유이다. 하물며 문과나 이과를 선택하는 것 따위로는 절대 꿈의 크기가 재단될 수 없다.

〈한책협〉의 김태광 대표는 "꿈을 찾기 전까지는 모든 일이 아르바이트에 불과하다."라고 이야기한다. 나 역시 이 말에 공감한다. 그리고 지금은 책을 쓰며 무엇이 나의 꿈인지 알게 되었다. 물론 책을 써야만 꿈을 이룰 수 있다고 이야기하는 것은 아니다. 하지만 나는 책을 써 내려가며 나의 인생이 어디로 흘러가는지 정확히 깨달았다. 그리고 나의 진정한 꿈이 무엇인지, 어떻게 살아야 하는지에 대해 알 수 있었다. 나는 그렇게 책을 쓰는 수학 강사가 되었고, 나의 꿈을 어떻게 이룰 수 있는지에 대해 정리하게 되었다.

학생들을 가르치는 당신은 꿈이 있는가? 학생들의 꿈을 묻기 전에 당신의 꿈은 무엇인지 생각해보았는가? 당장 흰 종이에 당신이 원하는 것들에 대해 하나둘씩 솔직하게 적어보자. 그리고 가장 이루고 싶은 것이 무엇인지, 그것을 이루기 위해서는 무엇부터 해야 하는지에 대해 떠올려보자. 그것이 당신의 꿈이 될 것이다.

꿈을 가진 강사만이 학생들의 꿈에 대해 동기부여 할 수 있다. 남이 정해준 꿈, 부모님이 시켜서 한 공부는 쉽게 지치게 마련이다. 학생들에게 당신의 꿈의 크기를 먼저 보여주도록 하자. 그리고 당신의 꿈의 실현 과정을 생생하게 보여주자. 학생들은 자연스럽게 저마다 자신의 꿈을 하나씩 갖게 될 것이다. 그 역할을 강사인 당신이 해주었으면 한다.

06 새로운 시도를 주저하지 않는 강사가 되라

회사에 다니던 시절을 떠올려보면 참 재미있다. 입사 동기들과 술자리를 가지면 저마다 회사생활의 고충들을 이야기하곤 했다. 동기들의 이야기를 들어보면 주제는 언제나 하나로 귀결됐다. 바로 본인들의 상사에 대한 뒷말이었다. 술이 몇 잔 더 들어가고 자리가 무르익으면 다들 다짐했다. "회사를 꼭 때려치우겠다."라고 말이다. 회사를 위해 충성하겠다는 동기는 이제껏 보지 못했다. 재미있는 점은 회사에 대한 욕을 그렇게 하던 동기들이 어김없이 다음 날만 되면 출근했다는 점이다.

동기들은 하나같이 이렇게 말했다. "퇴사할 준비가 되면 퇴사하겠다."라고 말이다. 새로운 자격증을 따거나 토익 시험에서 고득점을 받으면 퇴사하겠다는 계획이었다. 하지만 쉽사리 그런 것들을 준비하는 동기들은 많지 않았다. 설령 여러 자격증이 준비되었다 할지라도 마찬가지였다. 그 누구도 사표를 쉽사리 써내지 못했다. 당장 이번 달의 카드고지서가 날아왔기 때문이다. 그렇게 누구나 '이번 달만 더 다녀보지 뭐'라는 생각에 젖어 들어 착실히 회사에 다시 적응해나갔다.

그러다가 다시 한번 퇴사를 크게 결심을 하는 순간이 있다. 바로 상사에게 크게 '갈굼'을 당하는 순간이다. 하지만 이럴 때마다 회사에서는 어떻게 알았는지 월급통장에 '보너스'를 귀신같이 넣어준다. '내가 나가서 이 돈을 어떻게 벌 수 있겠어'라는 생각이 들 정도의 금액을 넣어주므로 다시 회사에 '잔류'할 생각을 한다. 악순환의 반복이다. 그렇게 '잔류'로 이어진 회사생활은 계속해서 진급하고 더 오를 자리가 없을 때가 되어서야 다시 생각한다. 그렇다. 완벽한 때는 절대 오지 않는다. 퇴사도 마찬가지이다.

무언가를 하고 싶다면 일단 시작하고 봐야 한다. 무책임한 말이라고 생각할지 모르지만 어김없는 사실이다. 차근차근 단계별로 준비하면 완벽한 기회를 잡을 수 있을 것 같지만 실상은 그렇지 않다. 오히려 오랫동안 준비할수록 완벽히 무언가를 이루어내야 한다는 부담감에 사로잡히기 쉽다. 그래서 시작조차 제대로 하지 못하는 것이다. 어깨에 잔뜩 힘이 들어간 타자는 여지없이 삼진을 당하게 마런이다.

 '내일부터 해야지'라고 생각하는 것은 사실 완벽주의의 전형이다. 당장 오늘부터 해도 되는 일을 미루는 것이다. 숨을 고르고 하면 완벽히 할 수 있을 것 같지만 그렇지 않다. 내일부터 하겠다는 말은 사실 아무것도 안 하겠다는 이야기와 같다. 당장 한 권의 책을 구입하더라도 마찬가지이다. '나중에 봐야지'라고 생각해서 실제로 읽은 책이 몇 권이나 있는가? 책장 어딘가에 꽂혀 먼지만 수북이 쌓여있는 경우가 더 많을 것이다. 그런 생각보다는 '한 장이라도 읽어봐야지'라는 생각이 훨씬 더 생산적이다. 어떤 일을 하든 마음에 드는 것부터 해도 상관없다. '처음부터 차근차근 꼼꼼히 해나가야지.'라는 마음이 오히려 시작을 부담스럽게 만든다.

 이러한 원리는 강사 생활을 하면서도 마찬가지였다. 나는 여러 가지 시스템들에 대한 확신은 있었지만, 막상 적용하기가 여간 부담스러운 것이 아니었다. 이것은 어떻게 생각하느냐의 차이이다. 무언가를 부담스럽게 생각하면 시작하는 일이 그렇게 부담스럽다.

 예를 들면 이렇다. 강의계획서를 만드는 일은 여간 힘든 일이 아니다. 전체 교재에 대한 양을 가늠해야 하고 강의 일수에 맞춰 적절히 분배해야 하기 때문이다. '계획대로 진도를 못 나가면 어떡하지?'라는 부담이 들기도 한다. 숙제 검사는 어떤가? '숙제 노트를 학생들이 내지 않으면 어떡하지?', '검사가 밀리면 어떡하지?'라는 생각에 부담이 될 수 있다.

하지만 완벽하지 않아도 좋다. 그저 하나의 시스템을 시작하는 것만으로도 이미 충분하다는 생각을 가져보자. 시행해나가면서 보완하는 것은 부끄러운 일이 아니라는 것이다. 강의계획서가 철두철미하지 않아도 좋다. 강의계획서는 나의 수업일정을 안내하는 지침에 불과하다. 실제와는 차이가 발생할 수 있는 것이다. 우리의 일정이 언제나 시간표대로 딱딱 맞춰 진행되던가? 그렇지 않을 것이다. 약간의 오차가 발생할 때는 융통성을 발휘해야 한다. 혹시나 전체적으로 큰 그림이 흐트러지더라도 강의계획서를 개정하면 되는 것 아닌가. 부담을 가질 일이 전혀 아닌 것이다.

숙제 검사도 마찬가지다. 검사한다는 행위에 부담을 느끼기보다 그 자체에 의미를 두자. 숙제 노트를 걷어서 확인한다는 것 자체로 학생들과 훌륭한 소통이 되기 때문이다. 학생들의 숙제를 검사한다는 것 자체만으로 학생들을 관리하는 출발점에 서 있게 되는 것이다.

스스로 강한 부담감을 느끼면 어깨에 힘이 들어가게 된다. 실제로 어려운 일이기에 힘이 드는 것이 아니라 힘을 잔뜩 주고 하기에 어려운 것이다. 조금은 가벼운 마음으로 자신만의 시스템을 밀어붙여야 한다. 중요한 것은 일단 시작해보는 마음가짐이다.

당신이 강사 생활 너머의 세계를 바라본다면 어떠한 시도를 하는 것이 좋을까? 우리는 평생 강사 생활만을 할 수는 없다. 냉정하지만 인정해야 할 사실이다. 강사 생활 그 너머에 대해서도 철저히 준비해야 한다.

완벽한 수업준비, 학생 및 학부모와의 상담을 철저히 하는 것, 숙제를 검사하는 것. 이 모든 것들은 최고의 강사가 되기 위한 방법이다. 하지만, 당신은 '강사'라는 타이틀을 벗겨냈을 때 역시 준비해야 한다. 당신 그 자체로만 봤을 때 어떠한 사람으로 살아갈 수 있을지 고민해야 한다는 것이다. 나는 학원 강의 이외에 내가 할 수 있는 것이 무엇일지에 대해 충분한 고민을 거쳤다. 그렇게 시작한 것이 바로 책 쓰기였다.

나는 책 쓰기를 통해 내가 누구인지, 그리고 나의 꿈이 무엇인지에 대해 정리할 수 있었다. 나는 그렇게 작가가 되어 나만의 강의 비법과 노하우를 공유하였고 이러한 내용을 토대로 블로그와 SNS를 운영했다. 나를 모르던 사람들도 자연스럽게 나의 강의 방법에 귀를 기울이게 된 것이다. 또한, 맨땅에 헤딩하듯 시작한 학원 강사 생활에서 억대 연봉의 강사가 되기까지의 과정들을 하나의 프로그램으로 기획하였다. 다른 강사들이 나와 같은 시행착오를 최대한 겪지 않도록 하기 위함이었다.

이것은 당신도 충분히 할 수 있는 일이다. 당신은 단순히 한 명의 강사로서 남아서는 안 된다. 그 이후의 삶에 대해서도 충분한 고민을 거쳐야 한다. 강사 이외의 것을 시도하는 행동이 두렵고 망설여진다면 아직 크게 성공할 준비가 되지 않은 것이다.

　당신에게 필요한 것은 내일에 대한 거창한 계획표가 아니다. 바로 생각한 것을 구체화하고 그것을 당장 실행에 옮기는 행동이다. 계속해서 새로운 시도를 해나가고 하나씩 실행에 옮겨보자. 완벽하지 않아도 좋다. 어떤 것이 잘 되었고 잘못되었는지에 대한 것을 기록해두면 된다. 이미 당신에게는 충분한 시스템이 내재되어있다. 이 책에서 이야기한 여러 가지 시스템들과 법칙을 적용하기에도 당신이 해야 할 것들은 무궁무진하다

07 억대 수입의
수학 강사로 성공하라

요즘 취업 시장이 어렵기는 어려운가 보다. 카페에서 수업준비를 하다 보면, 유독 대학생들이 눈이 많이 띈다. 다들 공부하는 책은 토익 혹은 대기업의 적성시험 자료들이다. 그들은 가지고 있는 '스펙'도 정말 다양하다. 학점과 토익점수는 물론이고 어학연수마저 기본이다. 해외 유수의 기관에서 활동한 경험이 있는 학생도 많다. 그들의 이야기를 들어보면 흡사 위인전을 보는 듯한 느낌도 든다. '저렇게 대단한 학생이 대체 왜 취업을 하겠다는 거지?'라는 생각이 들기도 한다.

재미있는 점은 이렇게 대단한 스펙을 가진 학생도 우리가 흔히 말하는 대기업의 합격은 쉽지 않다는 것이다. 아예 일찌감치 공무원이 되기 위해 노량진으로 향하는 학생들도 정말 많다. 그곳에서 자신의 청춘을 담보로 합격이 보장되지 않은 시험에 도박을 거는 것이다. 단군 이래 최대의 스펙을 가진 세대라고는 하지만, 이 이상으로 무엇을 준비하라는 것인지 답답하기만 하다.

나는 운이 좋게도 대기업 취업에 쉽게 성공했던 경우이다. 내가 가진 스펙 외적으로 어떠한 기운을 내뿜었는지는 모르겠지만 단번에 합격했다. 대기업에 합격하자 주변 사람들은 다들 나에게 축하인사를 건넸다. 나 역시 나의 인생이 탄탄대로만을 걸을 것으로 생각했다. 하지만 나의 크나큰 착각이었다. 나는 대기업 속에서 하나의 부품에 지나지 않았다. 내가 없어도 '언제든지 대체될 수 있는 부품' 말이다. 나는 아무리 발버둥 쳐도 주인이 될 수 없는 그런 부품이었다. 아무리 생각해봐도 내가 대기업에서 '내 인생의 주인공'으로 살아갈 방법은 그려지지 않았다. 그저 잘리기 전까지 상사의 눈치를 보며 살아가는 것만이 유일한 생존전략일 뿐이었다. 나는 그렇게 내 인생의 주인으로 살기 위해 사직서를 제출했다. 퇴사하고 나오던 날 누군가는 나에게 이렇게 이야기했다.

"회사 안은 전쟁터였지만, 회사 밖은 지옥이야."

나는 그렇게 그들이 이야기하는 '지옥 불'로 뛰어든 것이다. 하지만 나는 전혀 듣지 않았다. 나는 머리가 아닌 가슴이 시키는 대로 살고 싶었다. 그들이 이야기하는 지옥 불이 얼마나 뜨거운지는 별로 알고 싶지 않았다. 생각해보면 그들조차도 회사 밖의 '지옥 불'을 경험해보지 못한 사람들 아닌가? 그들의 말을 들어야 할 이유가 전혀 없는 것이다.

무엇이든 계산하고 분석하는 순간 겁부터 먹게 된다. 하지만 나는 계산기를 두드리고 싶지 않았다. 계산기를 두드리는 순간 꿈은 현실에 가려지게 마련이다. 나는 그저 가슴에서 시키는 대로 움직였다. 머리는 계산기를 두드리지만 심장은 계산기를 두드리지 않는다.

그렇게 나는 강사 생활을 시작했다. 누구보다 치열하게 교재를 연구했고, 학생들과 소통했다. 깨어있는 모든 시간에 수학 문제를 풀고자 노력했고, 학생들을 관리할 방법을 찾고자 노력했다. 평범하게 살고 싶지 않았기에 평범한 노력만으로 일관하지 않았다. 비범하게 살기 위해서는 반드시 비범한 노력이 필요하다는 것을 알았기 때문이다. 모든 시도는 그렇게 이루어졌다. 많은 생각을 하기보다 단한 번의 실천이 가치 있다고 믿었다.

나는 많은 성공학책에서 강조하는 것처럼 나의 성공을 의심하지 않았다. 물론 나의 강사 생활이 탄탄대로처럼 항상 성공의 가도만 달린 것은 아니다. 학생들이 퇴원하면 좌절하기도 했고, 학부모의 클레임 전화를 받으며 상처받는 날도 있었다. 하지만 소수의 클레임

보다 나의 가치를 알아주는 다수에 집중했다. 그리고 보란 듯이 성공한 강사가 되어 내 생각이 틀리지 않았음을 증명하고 싶었다.

그렇게 나는 온몸을 불사르며 전력 질주했다. 나의 가능성을 의심할 시간조차 아까웠기 때문이다. 그렇게 단 두세 명만을 데리고 수업하던 나의 교실은 단 몇 달 만에 수십 명이 들어차게 되었고, 가장 큰 강의실을 받게 되었다. 또한, 월 이백만 원도 되지 않던 나의 월급은 억대 연봉으로 수직으로 상승할 수 있었다. 나는 그렇게 억대 연봉의 수학 강사로서 인생 2막을 살아가고 있다.

나는 대다수의 보통 사람들이 말하는 성공방식이 싫었다. 대다수의 사람들은 아주 안정적인 공무원이나 대기업 직원이 되는 것이 진리인 듯 이야기한다. 차곡차곡 진급하여 돈을 모으고 노후를 준비하라는 방식들 말이다. 대부분의 주변 사람들은 나에게 그렇게 조언했다. 하지만 나는 그러한 방식으로 살고 싶지 않았다.

'여행은 노후에 연금을 받아야만 다닐 수 있는 것일까?'라는 질문에 답을 해보니 억울했다. 왜 성공은 반드시 천천히 해야 한다는 말인가? 그렇게 해서 성공을 하고 나면 그동안 허비한 인생은 누구에게 보상받을 수 있는단 말인가?

나는 최대한 빨리 성공하고 싶었다. 남들이 정해놓은 안정적인 길로 나아가고 싶지 않았다. 그렇게 안정적인 길로 나아가는 길의

끝은 너무나 훤히 보였다. 회사에서 자리를 잡지 못한 채 회사 밖으로 걸어나가는 선배들. 마흔 중반의 나이에 떳떳하지 못한 발걸음으로 집에 돌아가면 무슨 이야기를 할 수 있을까? 그러한 모습들은 나에게 어떠한 동기부여도 되지 않았다. 나는 나만의 성공한 인생을 살고 싶었다. 그리고 이렇게 나만의 '외길'을 걸어가고 있다.

물론 이 과정에서 두려움을 느낀 것도 사실이다. 하지만 나는 이럴 때마다 '최고가 되고 싶다면 최고에 배우라'는 말을 떠올렸다. 언제나 최고의 경지에 오른 사람들에게 자문하여 그들의 경험과 노하우를 샀다. 그들의 경험을 돈을 주고서라도 살 수 있다면 행운이 아닐까? 오히려 더 큰 가치로 돌아올 것이 분명하기 때문이다. 나는 아무리 비싼 수강료일지라도 그들에게 돈을 지급하며 배웠다.

나의 이러한 생각은 그대로 적중했다. 최정상 강사의 강의 기술을 배운 것도 도움이 되었지만, 무엇보다 그들의 마인드와 생각을 배울 수 있다는 것이 가장 큰 수확이었다. 그들의 마인드와 의식세계는 내가 접해온 보통 강사들의 그것과는 차원이 달랐다. 결국 의식의 크기가 그 사람의 인생을 결정한다는 것을 알게 된 계기이다. 그들이 없었다면 나 역시 억대 연봉의 수학 강사가 될 수 없었을 것이다.

번트 자세로는 절대 홈런을 칠 수 없다. 인생에서 홈런을 치고 싶다면 당신의 자세부터 교정해야 한다. 번트 자세나 어중간한 폼으로는 절대 풀스윙을 할 수 없기 때문이다. 지금 당신의 자세는 어떤 자세인가? 당신의 삶에 대하여 어떠한 태도와 생각을 하고 있는가?

지금 당장 헛스윙이 두려워 움츠러든 자세를 취하지는 않았는가? 어깨에 힘을 빼고 당당히 삼진을 각오한 풀스윙 자세를 취해보자. 그것이 가장 당신을 빛나게 해줄 자세가 될 것이다. 이 모든 자세는 당신의 생각과 의식에서 나온다. 일등 강사는 결국 의식이 모든 것을 결정한다.

억대 연봉의 강사가 되고 싶은가? 당신에게는 이미 억대 연봉 강사가 될 충분한 자격이 있다. 당신의 머리가 아닌 당신의 가슴에서 시키는 대로 행동하라. 그리고 결정한 일은 의심 없이 몰아붙여라. 그렇게 보란 듯이 성공하여 누구에게도 속박받지 않는 주인공이 되자. 나와 함께 억대 연봉 강사가 될 당신의 앞날을 뜨겁게 응원한다.

1등 수학강사 한끗 차이다

초판인쇄 2018년 7월 13일
초판발행 2018년 7월 20일
2쇄발행 2018년 8월 27일

지 은 이 허갑재
발 행 인 조현수
펴 낸 곳 도서출판 프로방스
마 케 팅 최관호 최문섭
IT 팀 장 신성웅
편   집 Design one
디 자 인 Design one

주   소 경기도 고양시 일산동구 백석2동 1301-2
넥스빌오피스텔 704호
전   화 031-925-5366~7
팩   스 031-925-5368
이 메 일 provence70@naver.com
등록번호 제2016-000126호
등   록 2016년 06월 23일
I S B N 979-11-88204-61-8(03810)

정가 15,000원